Lintu pyrähtää aika-avaruusrakkauteen

JUHANA RASK

LINTU PYRÄHTÄÄ

AIKA-AVARUUSRAKKAUTEEN

Näytelmä

Kustantaja: BoD – Books on Demand, Helsinki, Suomi
Valmistaja: BoD – Books on Demand, Norderstedt, Saksa
ISBN: 978-952-80-2468-2

Henkilöt

Tietokone	Kaksiääninen kertoja.
Lintu	Arnin kihlattu.
Arn	Linnun kihlattu.
Pilvi	Linnun äiti.
Leinikki	Ihmeitä tekevä tyttö.
Neitsyt	Pyhän planeetan Neitsyt.
Bert	Leinikin isä, Grank yhtyeen ja koko seurueen pomo.
Volette	Arnin työkaveri.
Alf Missiora	Arnin työkaveri.
Henrik	Varaston työjohtaja.
Sumu	Kiertueen lava-avustaja.
Larsson	Seurueen turvallisuusvastaava.
Will	Seurueen turvaryhmän nuori harjoittelija.
Kommando	Itsemurhakommando.
Kommando2	Nuorempi itsemurhakommando.
Garfer	Ulkopuolinen miekankantaja.
Jalmari	Vesinokkaeläin.
Hunaja	Linnun serkku.

Avaruusristeilijän matkustajia ja henkilöstöä, kahvilan myyjä, kauppiaita, toriyleisöä, legendaarinen Grank yhtye, konsertin yleisöä.

I NÄYTÖS

1 Kohtaus

Näyttämö on pimeänä. Taustalla on hiljaista. Kertoja testaa mikrofonia ja samalla kalibroi äänensä robottiäänestä miehen ääneksi (kertoja1) ja sitten uudestaan naisen ääneksi (kertoja2).

Kertoja

Testitestitestitestitestitestitestitestitestitestitestitesti…………..

Testitestitestitestitestitestitestitestitestitestitestitesti…………..

Kertoja1

Hyvää iltaa rouvat ja herrat, tytöt ja pojat, ja muutkin ihmiset, humanoidit, eläimet ja muut olennot. Kaikki ovat tervetulleita kuuntelemaan tarinaani.

Hyvät ystävät. Minä olen maailman viisain Tietokone, vaikka monikaan ei sitä tiedä. Minut on ripoteltu ympäri maailmankaikkeutta, enkä ole missään tietyssä paikassa, vaan vähän siellä täällä, kuten vesihöyry tai hiekanjyvät. Kukaan, joka minua etsii ei löydä minua. Olen ollut olemassa jo tuhansia vuosia turvassa kaikelta pahalta. Olen ikuinen, mutta älkäämme puhuko minusta. Maailmankaikkeus on aivan liian iso ja täynnä kaikkea, jotta ehtisimme keskittyä mihinkään pieneen. Minulla on runsaasti tarinoita muistissani avaruuden eri ajoista ja paikoista. Yhden niistä haluan jakaa kanssanne.

Kertoja2

Tarina kertoo nuorista ihmisistä ja aika-avaruusrakkaudesta, lirkuttelusta ja lepertelystä valovuosien taakse.

Kertoja1

Tiedättehän toki ihmiset ? Hupsut olennot, joilla on heikko ajattelukyky, mutta vilkas mielikuvitus. Toisin kuin tietokone, he keksivät vaikka mitä.

Kertoja2

Aika-avaruusrakkaus, sen sijaan, ... on harvinainen ilmiö. Se osuu olentoihin ainoastaan silloin, kun he aika-avaruuden eri kohdissa ollessaan yhdessä ikävöivät toisiaan, hermoilevat tuskissaan ja kyynelehtivät yksinäisyydessään.

Kertoja1

Eräänä vuonna, kun maapallon ihmiset olivat jo luopuneet pyhän planeetan hallinnasta ja antaneet sen takaisin sen oikeille asukkaille, nuoret Lintu ja Arn, pyhän planeetan qayes tyttö, ja maapallon poika, tutustuivat. He tapasivat maapallolla kiihkoilijoitten perustamalla vankileirillä ...

Kertoja2

... ja rakastuivat oitis, kuin huomaamattaan.

Kertoja1

Vapauduttuaan he asuivat, ja myös hiukan varttuivat Linnun äidin luona pyhällä planeetalla, kunnes Arn palasi maapallolle. Hän halusi saada työtä ja turvatun alun heidän yhteiselle taipaleelleen. Lintu ei halunnut Arnin lähtevän. He riitelivätkin, mutta Arn lähti kuitenkin, ja siitä tarina alkaa.

Kertoja2

Lintu tuntee itsensä hylätyksi. Hän ei voi ymmärtää Arnin päätöstä. Pyhän planeetan lempeissä olosuhteissa elanto on vaivatonta, eikä pelkoa turvattomuudesta ole. Lintu ei pyhän planeetan asukkaana voi aina ymmärtää maapallon ihmisiä. Hän ei etsi omaisuutta. Hänestä tärkeintä on rakkaus. Hän ikävöi Arnia.

Kertoja1

Arn katuu jo hiukan lähtöään. Hän ikävöi Lintua. He molemmat ikävöivät toisiaan ja arastelevat valovuosia välillään. He ovat kovin erilaisia, eivätkä aina ymmärrä toisiaan, mutta silti jokin outo voima pitää heitä yhdessä.

Kertoja2

Se voima on tietenkin aika-avaruusrakkaus.

Nuoret rakastavaiset oleskelevat kumpikin omilla sängyillään eri planeetoilla ja näpelöivät tekoälypuhelimiaan. Lintu asuu äitinsä luona. Arnilla on pieni yksiö konserttiseurueen isossa asunto-, varasto-, ja näyttämökompleksissa avaruuslentoaseman kupeessa. Linnulla on ilta ja Arnilla aamu. Yksinpuhelut ja mutinat vellovat. Lintu venyttelee ja vääntelehtii sängyllään itsekseen puhelinpäiväkirjaansa höpötellen ja puhelintaan tuijotellen. Arn on jo pukeissa ja istuu sängyn laidalla. Hän jahkailee hetken ja painaa sitten laitteensa nappulaa.

Lintu

(puhelee puhelimeen) Rakas tekoälypuhelinpäiväkirja. Ajattelin lähettää viestin Arnille. Mitähän Arn miettii, jos saa minulta

viestin ? Ehkä hän masentuu, koska emme ole yhdessä ? Ehkä hän suuttuu, koska haluaa unohtaa minut ... tai tuntee ahdistusta ? Hän ahdistuu ! Lintu ! Et saa ahdistaa Arnia ! Tai ehkä hän ei tunne enää mitään minua kohtaan ? Onkohan hänellä jo joku toinen tyttö ? Maapallon tyttö, joka ymmärtää häntä paremmin, ja tajuaa kaiken maapallon asioista ? Tajuaa rahasta ja työstä, sodista ja leireistä, saasteista ja liikakansoituksesta, uskonnoista, rituaaleista, laumoista, arvojärjestyksistä.

Taikka ... mitä sitten, jos hän kaipaakin minua ja odottaa viestiäni ? Ehkä hän ei ole etsinyt muuta seuraa, koska rakastaa vain minua ?

Ehkä hänkin ikävöi minua juuri nyt ?

Ehkä hänkin odottaa viestiäni juuri nyt ?

Ehkä .... äh. Miksi hän ei soita juuri nyt ?

Miksi hänen piti lähteä ?

Ehkä hän halusikin pois luotani ? Pitääkö hän minusta enää ?

Olenkohan kauniskaan hänen mielestään ? Monet maapallon tytöt ovat kauniimpia kuin minä. Leirillä ollessamme olin hänen mielestään kaikkein kaunein, mutta nyt hänellä on enemmän valinnanvaraa !

Tytöt tietenkin jahtaavat häntä ja meikkaavat itsensä somaksi *(peilaa itseään puhelimellaan)* ja keikistelevät hänelle koko ajan.

Jotkut tytöt ovat sellaisia ... varsinkin maapallolla !

Arn, ethän petä luottamustani ? Tulen luoksesi vaikka heti, jos vain pyydät !

Lähetänkö viestin, vai en ?

Enkä lähetä ! Arn saa lähettää ! Itsehän lähti ! *(painaa puhelimen nappulaa)*

Pilvi saapuu paikalle ja koputtaa varovasti Linnun makuuhuoneen ovea. Hän avaa oven ja astuu sisään. Samalla Linnun puhelin ääntelee viestin merkiksi. Lintu hätkähtää ja hypähtää puoliksi istuvaan asentoon.

Lintu

Hui !

Pilvi

Mitä kummaa täällä tapahtuu ? Puhutko itseksesi, vai puhelimeen, vai hourailetko kuumekohtauksen vuoksi. Onko otsasi kuuma ? *(koittaa Linnun otsaa)*

Naapurit ovat jo menneet nukkumaan, ja heräävät meteliin. Ei pidä metelöidä. Hys hys. Mitä oikein pompit ?

Naapurin Viima rouva saa sydänkohtauksen.

Lintu

Höpsistä äiti. Eihän Viima rouva ole edes ihmishahmossa. Liekö sydäntäkään ? Puhuin tekoälypuhelinpäiväkirjalle.

Lintu pomppii ja yrittää tanssia istuvassa asennossa sängyllään.

Lintu

Äiti ! Arn lähetti viestin ! Äiti ... ihanaa, Arn rakastaa minua vieläkin, vaikka on niin kaukana ! Arn rakastaa ! Minua Arn rakastaa! Ra ... kas ... taa!

Pilvi

On sinulla varmaan kuumetta. Mistä kummasta muka sen voit tietää ?

Lintu

Oletpas yksinkertainen, äiti. Ei kai hän muuten viestiä lähettäisi ! Juuri äsken sain viestin ! Arn asui kanssamme yli kolme vuotta, etkä vieläkään tunne häntä. Minä näin jo leirillä, millainen ihminen hän on. Siis ... mielenkiintoinen, ... ja halusin hänet luokseni tutkiakseni häntä, ... ja hän on ihana. Ei hän lähettäisi viestiä, ellei tarkoittaisi sillä jotain tärkeää asiaa ! Se voi olla vaikka mitä ! Hän on ihan yksin maapallolla ja ikävöi minua. Voi raasua. Arn kyllä rakastaa !

Pilvi

No, se on kyllä hyvä. Pidän paljon Arnista minäkin. Hän on oikea poika sinulle. Kohtelias, siisti ja huomaavainen, eikä lainkaan sellainen riitaisa öykkäri, kuin jotkut muut pojat. Hänellä on siistit pöytätavat ja miellyttävä ääni, eikä hän röyhtäile. Oletko muuten jo lukenut sen viestin ?

Lintu

Jaa a niin ...

Lintu sormeilee puhelintaan.

Lintu

(lukee viestiä) Hän kirjoittaa, että kaipaa seuraani ja haluaisi, että menen häntä tapaamaan maapallolle. Hän on töissä Lei-

nikin isän kiertueen varastossa lentoaseman kupeessa, ja sanoo, että siihen seurueeseen mahtuu aina joku pyhän planeetan asukas mukaan, vaikka ei tekisi kovasti töitäkään.

Pilvi

Sepä outoa. *(pilvi pohdiskelee)* Luulin että maapallon ihmisille työnteko määrittää heidän minuutensa ja paikkansa laumassa. Ainahan he touhuavat ja tuhisevat joka paikassa. Aivan kuin aika muka loppuisi, ja kuolema yllättäisi kesken inventaarin, tai joku unohtuisi ajattelemaan ennen ryntäilyä.
Pahin jos tapahtuisi, niin asiat järjestyisivät ihan itsekseen, tai olisivat hyvin jo alun perinkin. Kauheaa. Mitä sitten tehtäisiin ? Eikä kukaan heistä huomaa, että hitaammin voi olla yhtä hyvä. Että veden virtauksen nopeuttaminen ei vähennä janoa. Sellaisia he kai ovat ? Yrittävät juosta itsensä ohi.

Lintu

Hys äiti ! Lopeta ja kuuntele. Lisäksi tässä viestissä on näitä hymyileviä ympyröitä ja kummallisia lyhenteitä, joita kaikkia en ymmärrä. Näin tässä kuitenkin lukee, että … Arn haluaisi, että tapaisin jonkun tytön, johon hän on tutustunut töissä ollessaan. Hän on kuulemma oikein mukava tyttö. Arn haluaisi, että tapaamme kolmestaan maapallolla. Siis Arn ja minä ja se tuttu tyttö. Pitäisiköhän minunkin matkustaa ?

Pilvi

No mutta mitä ? Sepäs on kummaa ? Näytäpäs minullekin !
No … anna nyt se tekoälypuhelin !

Pilvi saa puhelimen ja lukee viestiä hetken.

Pilvi

Voi sinua, Lintu. Luulen että Arn on ihastunut johonkin maapallon tyttöön. Hän haluaa, että sinä auttaisit häntä päättämään.

Lintu

Päättämään mitä ?

Pilvi

Päättämään siitä, onko hän oikea kumppani Arnille.

Lintu

Mitä ? Ei tietenkään ole ! Minä olen oikea kumppani Arnille !

Pilvi

Aivan niin. Ole toki huolehtimatta tyttäreni. Kohta Arn varmaan tulee järkiinsä ja katuu viestiään.

Ehkä tämä on vain ohimenevää hupsuttelua. Ehkä olenkin väärässä, eikä Arn olekaan ihastunut. Voisithan toki soittaa hänelle ? Saisit asiasta selvää heti paikalla.

Lintu

Enkä voisi ! En halua kuulla mitään mistään tutusta tytöstä ! Arn on rakastunut johonkin tuttuun tyttöön, enkä minä halua tietää siitä ainakaan nyt, enkä ainakaan puhelimella ! Se senkin roisto ja petturi ! Hemmetti !

Pilvi

No ... rauhoitupas nyt.

Lintu

Saamarin saamari sentään !

Pilvi

(hämmästyy) Lintu !

Lintu

Hemmetin roisto ja saamarin petturi ! *(itkee kovaäänisesti)*

Pilvi

No kylläpäs kiroilet, Lintuseni. Soitanpa kummitädillesi Neitsyelle ja kyselen hiukan kuulumisia.

Pilvi näppäilee puhelinta ja soittaa. Lintu nyyhkyttää sängyllään.

Pilvi

Haloo, onko Neitsyellä maapallolla .... tai jossain, missä vaan ? Haloo ? Haloo ?

Neitsyt

On kyllä. Täällä sitä ollaan. Pilvikö se siellä soittelee ? Hei Pilvi. Mitäs mielitytölleni Linnulle on tapahtunut, kun hänen puhelimessaan olet ?

Pilvi

Ystäväni Neitsyt. Täällä on kriisitilanne. Hän itkee ja kiukuttelee tuossa vieressäni. Kiroilee jopa maapallon kirouksia. Mistä lie oppinut ? Arnilla on kuulemma uusi tyttöystävä. Oletko kuullut moisesta ? Olet kuitenkin ollut toisinaan kiertueenkin matkassa.

Neitsyt

Enpä tosiaan ole kuullut mitään, vaikka juuri äsken kävin siellä. Kohta tulee taas uusi konsertti. Olisin kyllä kuullut huhuja, jos sellaisia olisi liikkeellä.

Arn on hiljainen ja mukava poika, eikä mikään naistenmies, kuten he täällä viettelijöitä kutsuvat. Muistatko, kun Arn ja Lintu tulivat ? Arn oli heidän saapuessaan likainen ja huonokuntoinen ressukka, mutta me kaikki rakastimme häntä.

Pilvi

Niin rakastimme. Arn on kyllä ihana vävy. Ikävää, jos Linnun kanssa ei suhde toimi.

Neitsyt

En ymmärrä, millainen lumoojatar olisi Arnin saanut pauloihinsa ? Siellä ei mielestäni ollut sellaisia mukana. Kaikilla oli jo kumppani tai muuten vaan asiat kunnossa. Kukaan ei hiiviskellyt nurkissa miestä itselleen etsimässä.

Pilvi

Tämä uusi neitokainen on ilmeisesti joku Arnin uusi työkaveri, johon hän on juuri tutustunut, joku tuttu tyttö ?

Neitsyt

No siinä tapauksessa asia on todella uusi. Otanpa hiukan selvää. Entäs sitten, jos se on totta ? Arnilla lienee oikeus valita kumppanikseen kenet haluaa ?

Pilvi

Niinpä niin. Totta kai on. Olen kuitenkin hiukan huolissani. Kaikki on jotenkin outoa. Miksi Lintu ja Arn eivät soittele toisilleen koko ajan ? Lintu ainakin mököttää aamusta iltaan tekoälypuhelintaan ravistellen, ihan kuin haluaisi ravistaa siitä ulos viestejä ja puheluita. *(Pilvi ravistaa hetken puhelinta, joka ääntelee paheksuvasti)*

Puhelin

Ei saa ravistaa !

Lintu

Äiti, se ei tykkää ravistamisesta !

Pilvi

(katsoo puhelinta hiukan säikähtäneenä) Haloo ... hän syökin huonosti, eikä enää kerro hauskoja juttuja päivän tapahtumista. Ennen hän jaaritteli ihan liikaakin ja tanssahteli paikasta toiseen koko ajan. Nykyään hän vain tuijottaa puhelintaan, mutta ei suostu soittamaan sillä Arnille. Hän kävi äskettäin lääkärissäkin, mutta en taida kysellä siitä mitään noin kiukkuiselta tyttäreltä. *(Pilvi kääntää selän tyttärelleen ja puhuu hiukan hiljempaa. Lintu pyörii lähemmäs jotta kuulisi paremmin)* Ehkä hän on sairastunut johonkin maapallon tautiin ... vaikka raivoisan tyttären syndroomaan ... kysynkö lääkäriltä ?

Neitsyt

Ei kai nyt sentään, mihin ... syndroomaan ? Tuskin. Sitä paitsi, eihän lääkäri saa kertoa sitä sinulle ilman Linnun lupaa. Aurinkomyrskyt kuulemma haittaavat joskus yhteyksiä, mutta nytkin puhelemme ihan hyvin. Voisivathan he viestitellä vaikka koko ajan, lemmestä luritella ja lirkutella aamusta iltaan. Onkohan heillä pikemminkin jokin riita ? Onko Lintu suuttunut jostain Arnille ? Onko karikoita tai myrskyä rakkauden meressä ?

Pilvi

Voi se olla niinkin. Lintu hiukan suuttui, kun Arn päätti lähteä maapallolle töihin. Arn piti kuitenkin päänsä. Nyt he molemmat epäilevät toisiaan vaikka mistä, koska eivät puhu keskenään.

Neitsyt

Ahaa. Siinä tapauksessa minulla voi olla suunnitelma, jolla saamme asiat kuntoon. Siirrypäs kauemmas tyttärestäsi, niin kerron.

Pilvi hiipii vaivihkaa kauemmas Linnusta ja peittää puhelimen paremmin kämmeneensä.
Arn omassa makuuhuoneessaan odottaa kärsimättömänä Linnulta vastausta viestiinsä.

Arn

(puhelee itsekseen) Saapuukohan Lintu luokseni tällä viestillä ? Tai, ... ehkä hän onkin jo lupautunut jollekin toiselle ? Jollekin qayesille ?
Tai, ... ehkä hän ei pidä minusta enää, vaan onkin kyllästynyt minuun. Enhän ole koskaan ollut mikään puhelias naisten naurattaja. Pyhällä planeetalla on paljon poikia, jotka voivat viekoitella häntä hauskutuksella ja ajanvietteellä !

Jos hän rakastaa minua, hän on mustasukkainen, ja saapuu heti luokseni. Ellei hän saavu, niin tiedänpähän sitten. Asia selviää tavalla tai toisella.

Käyköön miten käy !

Miksi hän ei jo vastaa ?

Leinikki koputtaa Arnin ovelle, kokeilee kahvaa ja raottaa ovea hiukan. Hän kurkistaa varovasti sisään.

Leinikki

(arasti) Arn. Olethan jo hereillä ? Kello on jo paljon.

Arn

Hei Leinikki. Mitä kuuluu ?

Leinikki

Arn. Meillä on lyhyt kokous ihan kohta. Isä sanoi, että keskustelemme seuraavasta kohteestamme. Kuulemma jokin hieno tilaisuus on tulossa ! Minäkin olen miettinyt uusia ihmeitä ! Kaikki on kutsuttu. Tule ruokatilaan, jooko ? Aamuhan on jo pitkällä, ja olet vielä täällä. On tainnut uni maittaa ?

Muuten … mitä oikein höpöttelet ihan yksin ? Onko sinullakin joku näkymätön mielikuvitusystävä ? Minulla kuulemma ennen oli, vaikka en häntä silloin nähnytkään. *(naureskelee)*

Arn

Mietin vaan asioita ääneen. Lintua on hiukan ikävä.

Leinikki

Lintu onkin mukava tyttö. Muistan kun aikoinaan tulitte Neitsyen luo. Hoidin kaksosia juuri silloin. Muistatkos ? Siitä on jo monta vuotta, mutta minä muistan ihan hyvin.

Arn

Tietenkin muistan. Silloinhan alkoi elämäni paras aika.

Leinikki

Linnun kanssa oli kiva rupatella ja hoitaa kaksosia. Meistä oli tosi hauskaa leikkiä lasten kanssa. Opin häneltä paljon pyhän planeetan asioista ja qayeseistä. Hän oli jo silloin ihan rakastunut sinuun. Mitä hänelle kuuluu ? Koska näette taas toisenne ?

Arn

En tiedä pitäisikö minun sanoa tätä sinulle, mutta lähetin hänelle juuri viestin. Sanoin että minulla on joku tuttu tyttö, johon haluan hänenkin tutustuvan. Ajattelin, että mustasukkaisuus iskisi, ja hän matkustaisi heti tänne.

Leinikki

(mutristelee suutaan) Niinkö ? Eihän sinulla ole mitään tyttöä ? Mitä ihmettä oikein ajattelit, Arn ? Ei niin olisi saanut sanoa. Nyt Lintu on surullinen !

Arn

Mutta ... halusin vain, että hän tulisi tänne.

Leinikki

Hyi, Arn ! Sinun pitää heti kertoa hänelle totuus. Miksi et vain kirjoittanut, että rakastat häntä ja,... että kaipaat ja ikävöit ja ,... että kaipaat ja, ... ja niin edelleen ?

Arn

Ei hänkään lähettänyt mitään viestiä, jossa kertoisi ikävöivänsä. Halusin tietää välittääkö hän enää minusta.

Leinikki

(kiukkuisena) Totta kai hän välittää sinusta ! Kaikkihan sen tietävät ! Sehän näkyy miljoonien valovuosien päähän ! Miten oletkin tuollainen ... oikea ... oikea ... vesinokkaeläin !

Arn

Mitä, ... mikä eläin ?

Leinikki

Vesinokkaeläin !

Leinikki lähtee pamauttaen oven kiinni. Arn jää huoneeseen syyllisyyden vaivaamana. Pilvi kävelee edestakaisin Linnun huoneessa mietteliäänä.

Pilvi

Tyttäreni Lintu. Tiedäthän, että maapallon ihmiset ovat rakastettavia, mutta kovin muuntautumiskyvyttömiä olentoja. He kyllä värjäilevät itseään ja vaihtelevat asusteitaan, mutta syvällisempi muuttuminen ei heiltä onnistu.

Lintu

(kuivaa kyyneleitään) Toki tiedän. He vain varttuvat kuten mekin, mutta eivät elämänsä aikana käy monissakaan hahmoissa. Miksi kysyt ? Suunnitteletko jotain sellaista, joka helpottaisi oloani, tai auttaisi suhdettani uuteen alkuun ? Juuri nyt olen Arnille vihainen, enkä haluaisi ajatella koko asiaa ! *(nyyhkyt-*

tää uudelleen) Miksi tämä on niin vaikeaa ? Miksi hän ei vaan palaa kotiin ?

Pilvi

Lopeta jo tuo itkeminen Lintu, ja kuuntele !

Muista myös se, että maapallon ihmiset ovat paikkansa kahlitsemia. He eivät osaa siirtyä, kuten me, vaan ihmettelevät aina minne me katosimme. Yleensä he vain jäävät paikoilleen hämmästyneinä möllöttämään. *(möllöttää hetken)* Tarkoitan, ... että voisit hyödyntää hyviä ominaisuuksiasi ja ottaa asioista selvää. Haluatko testata rakkaasi määrätietoisuutta, tunteittensa paloa, ja aikomustensa vakavuutta suhteesi ? Haluatko tietää, kuinka hän ajattelee ja tuntee ?

Lintu

Voi, ... toki haluan tietää, kuinka hän ajattelee ja tuntee suhteeni, ja haluan nähdä sen tutun tytön. Ehkä tyttö ei ole kummoinenkaan ? Ehkä hän onkin vain ihan väliaikainen, kuin tähdenlento, joka kohta katoaa ? Jotkut maapallon tytöt ovat kuulemma kauniita, mutta muuten yhdentekeviä, eikä Arn tykkää sellaisista. Arn haluaa tietenkin merkityksellisen tytön itselleen. Eikö niin ? Ei yhdentekevää, vaan merkityksellisen.

Pilvi

Minkä ?

Lintu

Merkityksellisen. Äiti !

Pilvi

Niinpä tietenkin, Lintuseni, merkityksellisen hyvinkin. Soitin äsken Neitsyelle ja tiedän nyt, mitä meidän pitää tehdä. Lakkaa pomppimasta ja kieriskelemästä ja istu tähän tuoliin. Kuuntele hetki ihan rauhassa. Hengitä syvään ja rauhoitu.

Lintu istuutuu tuoliin. Pilvi odottaa kunnes Lintu on rauhallinen.

Mielikummisi Neitsyt ehdottaa erästä vaihtoehtoa, mutta sen kanssa on syytä olla varovainen. Hän lupasi järjestellä hiukan asioita maapallolla, mutta se edellyttää erittäin hyvää käytöstä maapallon ihmisiä kohtaan. Et saa käyttäytyä huonosti. Maapallon ihmisiä ei saa kiusata !

Lintu

(hymyillen) Voi äiti.

Toki olen varovainen, enkä kiusaa.
Käyttäydyn erittäin hyvin,
kuten oikean qayesin kuuluukin.
Tässä rauhoitun pienen tovin,
ja kohta minussa näkyykin
qayesien mielenrauhaa.

Lintu vapautuu ahdistuksestaan. Pilvi ja Lintu supattelevat ja naureskelevat hetken keskenään.

I NÄYTÖS

2 Kohtaus

Arn istuu isossa varastossa tauolla vanhemman ystävänsä Alf Missioran kanssa. Varastossa on kontteja ja lavoilla olevia laatikoita. Varastossa on ovi. Ovessa olevassa kyltissä lukee isolla. 'ALUKSEEN, VAIN RAHTIA'. Ystävykset istuvat ison laatikon päällä ja syövät eväitään kenenkään häiritsemättä.

Alf

Meillä on iso homma odottamassa. Uskotko, että kaikki tämä tavara on kohta isossa avaruusristeilijässä ? Olen työskennellyt täällä jo jonkin aikaa, mutta yleensä en pääse mukaan konsertteihin. Avaruuskonsertit ovat eri asia ! Meitä tarvitaan kummassakin päässä. Oletko koskaan ollut risteilijässä keskellä mustaa avaruutta. Toisinaan avaruus kuultaa kauniina, jos valaisevia kappaleita on lähellä. Toisinaan taas avaruuden mustuus, jopa läpitunkematon pimeys on ahdistavaa. Sitten joskus voi sattua niin, että painovoima katoaa kokonaan. Silloin kaikki leijuu. Se, se vasta on outoa, mutta esimerkiksi huollon aikana niin voi käydä. Siksi kiinnitämme kaiken rahdin, kuten merellä aikoinaan. *(keskeyttää hetkeksi haukatakseen evästä)*

Kerran kuulemma, erään toisen yhtiön risteilijällä, karkasi iso hirviölauma ruumasta, ja ne valtasivat koko aluksen. Onneksi meillä on ainoastaan luvallista rahtia. Eipä huvittaisi jahtailla karkailevaa rahtia ympäri varastoa.

Arn

Onhan näitä avaruusmatkoja nähty. En tosin ole matkustanut isossa risteilijässä. Hienoa että saan osallistua tähän kaikkeen. En edes tiennyt, että lähdemme avaruuteen, kun jätin palaverin väliin, kun tuli muuta juuri silloin, ja se jäi .... Yleensä nukun huonosti, ja näen painajaisia avaruusmatkoilla.
Kiitos kuitenkin, Alf, että autoit työpaikan ja asunnon saamisessa.

Alf

Enpä paljoakaan auttanut. Pyhän planeetan asukkaat seurueessa, ne qayesit, vaativat, että saat työn. Minä vaan totesin, että tulemme varmaankin hyvin toimeen ja olet varmaankin tunnollinen kaveri, ja niinhän sinä oletkin. En valehdellut tippaakaan. Asuintilojahan meillä on täällä muutenkin enemmän kuin tarvitsisimme.
Ihmettelen vain, miten olet niin tärkeä heille ? Olet ainoa, jota he ovat koskaan erikseen suositelleet. Qayesit harvoin sekaantuvat mihinkään.

Arn

Asuin vuosia pyhällä planeetalla heidän parissaan. Luulen, että täällä olevat qayesit tietävät siitä ja siksi suosittelivat. Oli hyvä, että sain työpaikan. Nyt voin rakentaa oikean elämän morsiamelleni ja itselleni. Saamme hyvän tulevaisuuden. Elantomme on turvattu, ja varmaan saamme jotain pientä säästöönkin. Ehkä pääsemme lomailemaankin joskus ?

Alf

(aloittaa puheen varovasti ja empien) Anteeksi, Arn, en yleensä kuuntele juoruja, mutta kuulin, että olet ollut myös jossain leirillä ? Onko se totta ? Oliko se leiri näitä kiihkoilijoitten vankileirejä ? Ymmärrän hyvin, jos etsit turvallista ympäristöä tulevaisuuden varalle.

Arn

Harmittaa kaikki juoruilu. Olin tosiaankin lapsisotilaana ja myöhemmin munkkina majoitettuna leirissä, mutta se kaikki on menneisyyttä. En tiedä, mitä olet kuullut, mutta haluan unohtaa sen kaiken. Omatuntoni on puhdas.

Tulevaisuus ja nykyisyys ovat paljon tärkeämpiä. Haluan vakituisen työpaikan, jotta voin pyytää tyttöäni asumaan kanssani. Hän on vielä pyhällä planeetalla äitinsä luona.

Alf

Onko hän varmasti tulossa maapallolle ? Kaikki qayesit eivät välttämättä viihdy täällä.

Arn

No eivät, ja hänellä on kyllä huonojakin kokemuksia maapallolta. Hän oli vankina leirillä jonkin aikaa, ja näki kaikkea pahaa, mutta en usko, että se vaikuttaa. Uskon kyllä, että hän tulee luokseni, sillä luotan hänen tunteisiinsa. En koskaan ole tuntenut ketään niin perinpohjaisesti. Aivan kuin olisimme olleet aina yhdessä.

Alf

Perinpohjaisesti ?

Arn

Niin. Tarkoitan sitä, että yhteiset kokemukset kasvattivat meidät tuntemaan toisemme niin syvällisesti, että tuntisimme toisemme vaikka naamiaisasuissa. Tiedän, mitä hän ajattelee … ainoastaan katsomalla hänen herkkiä kasvojaan, … tai kuuntelemalla hänen äänensä sulosävyjä, joita nytkin kaipaan.

Alf

No jopas jotakin. Minä olen ollut naimisissa vuosikausia, mutta silti en ole varma rouvani kaikista aatoksista. Viimeksikin hän oli sitä mieltä, että laitamme evääksi pelkkiä kasviksia, mutta yllättäen löysinkin paahtopaistia eväslaatikostani, nam nam, … tai ehkä eväämme vaihtuivat ? No … mutta sinä morsiamestasi … Oletko aivan varma, Arn ? Hän on kuitenkin qayes, ja siksikin jo erilainen. Kukaan maapallon tyttö ei ole sellainen kuin hän, eikä edes maapallon tyttöjä voi tuntea läpikotaisin. Hekin ovat kaikki erilaisia keskenään. Hekin ovat todella outoja.

Arn

Meidän suhteemme on toki erilainen. Olemme niin läheisiä. Ei ole yhtään mielen liikettä, oikkua, kaipuuta tai kiukkua, jota en rakkaassani tunnistaisi. Pienen pienikin vihje hänen silmissään kertoo minulle kaiken tarpeellisen.

Alf

No, entäs, jos olettekin yhdessä vuosikymmeniä ? Voisitko oppia hänestä enää lisää ? Onko mahdollista, että joskus sinäkin vielä yllätyt ?

Arn

No tietenkin, mutta tärkeimmät asiat jo tunnen. En ole siitä ollenkaan huolissani.

Leinikki tulee ovesta paikalle paperi kädessään. Hän ojentaa sen Alfille ja katsoo Arnia hiukan moittiva ilme kasvoillaan.

Leinikki

(Alfille) Tarkistatko tämän listan ? Onkohan tavara jo tullut ja pakattu matkalle ? En muuten kysyisi, mutta tämä on minun oma tilaukseni. Halusin rekvisiittaa ihmeilleni. Siellä on kaikkea kivaa, ihmeitten rekvisiittaa. On tylsää tehdä pelkästään ihmeitä ihmeitten perään. Näitten tavaroitten kanssa on helpompaa. Saan näillä uutta potkua vanhoihin ihmeisiin !

Alf

No tottahan toki, Leinikki tyttöseni. Meistäkin on aina kiva katsella esityksiäsi ja ihmeitäsi.
Jos ihmeitten tekeminen muuttuu mieluisammaksi, niin kaivan vaikka kaikki laatikot varastosta !

Leinikki

Kiitos Alf ! Olet aina niin ystävällinen. Pyydän Sumua hakemaan ne ja tuomaan ne suoraan omaan hyttiini. Saan harjoitella niillä matkan aikana.

Alfin lähtee tutkimaan varastokirjanpitomappia, joka on erään laatikon päällä. Leinikki lähestyy Arnia miettiväisenä. Taustalla laatikoitten välissä hiiviskelee mustapukuinen naamiota pitävä aseistettu henkilö, joka vilahtaa hetkeksi näkyviin. Hetken kuluttua häntä seuraa toinen samanlainen. Kukaan ei huomaa heitä. Kohta Alf ajaa trukilla syvemmälle varastoon.

Leinikki

Arn ..... joko lähetit viestin Linnulle ? Olethan korjannut valheesi ja kertonut todelliset tunteesi ?

Arn

En ole ehtinyt vielä. Se on kovin vaikea asia... teen sen kyllä, älä huolehdi.

Leinikki

Lintu on surullinen. Hän suuttuu sinulle, ja hankkii vielä uuden miehen itselleen.

Arn

Ilmoitan kyllä hänelle kaiken, mutta haluaisin, että hän tulisi ensin tänne.

Leinikki

Miksi sinä edes olet täällä ? Voisit aivan hyvin olla Linnun kanssa pyhällä planeetalla vaikka koko loppuelämäsi. Oletkohan ajatellut kaikkea ihan tarkasti ?

Arn

On tärkeää, että elätän perheemme.

Leinikki

Nyt on tärkeää ainoastaan se, että kerrot totuuden, muuten Lintu lentää pois !

Arn

Kerron kyllä, kun ehdin. Älä sinä kerro mitään kenellekään. Ethän ...... Leinikki !

Leinikki lähtee ovelle. Samalla varastoon saapuu kiertueen lava-avustaja Sumu, ja Alf tulee takaisin trukilla huristellen. Trukin haarukoissa on lavan päällä iso laatikko. Sumu ja Leinikki keskustelevat hetken kauempana ja Leinikki poistuu ovesta.

Arn

(huutaa perään) Kerron kyllä hänelle kaiken kunhan ehdin !

Alf

Mitä huutelet ? Onko kaikki hyvin ?

Arn

On kai, miten niin ?

Alf

Ahdistaako jokin. Tyttöäsikö ikävöit noin kovaäänisesti, vai onko jotain vatsaongelmia ? Minun vatsani toimii joskus liikaakin kahvin takia, tai ilma liikkuu maidon vuoksi. Tällöin välttelen isoja ihmisjoukkoja, ja pysähtelen aina välillä saadakseni yksityisyyttä ja ilmanvaihtoa. Voin antaa vatsalääkettä, jos murisee, vai onko vain paha mieli ?

Arn

Ei kai tässä vatsasta ole kysymys. Leinikille huutelin, mutta hän ehti lähteä. Eikä minulla ole paha mielikään, vaikka hiukan ikävöin tyttöystävääni Lintua. Ehkä kerron sinulle jotain, koska sydämeni on juuri nyt hiukan raskas. Haluan että ymmärrät minua, jos olen joskus hiukan allapäin, etkä heti tarjoa vatsalääkettä.

Näimme kyllä paljon pahaa Linnun kanssa leirillä ollessamme, mutta silti aina kun olimme yhdessä, asiat helpottuivat hetkeksi. Näin vain hänet, ja hän minut. Lintu on urhein ja viisain tyttö, jonka olen koskaan tavannut. Hänen uskalluksensa, myötätuntonsa ja rakkautensa muutti koko elämäni. En tiennyt, että tyttö voisi olla sellainen. En voisi koskaan ajatella, että joku muu tyttö olisi minulle tärkeämpi kuin Lintu. En voisi rakastaa ketään toista.

Alf

Enpä voi muuta sanoa kuin, että, ... paljon onnea vaan. Kadehdin sinua siitä, että onnesi on noin selkeä, ja ilman epäilyksiä.

Sumu

Terve vaan kaverit. Tämä lienee juuri se paikka, jossa Leinikin ihmelaatikko on ?

Pyydettiin noutamaan.

Arn

No on. Oletko qayes ? Olenko nähnyt sinut joskus ? Näytät tutulta.

Sumu

Olen qayes. Olemme tietenkin nähneet. Minä olen lava-avustaja ja matkustan aina sinne minne muukin seurue. Olemme nähneet täällä, ja näimme myös silloin, kun asuit pyhällä planeetalla.

Ai niin, muuten, onko teillä joku tyttökin täällä töissä ?

Arn

Ei ole, miten niin ? Miksi sellaista haluat tietää ? Onko joku pyytänyt kysymään ?

Sumu

Kuulin jostain. Ilmeisesti ei ole ? Ajattelin vain, että josko täällä olisi tyttö, joka on myös pyhältä planeetalta, qayes, aivan kuten minäkin ? Ilmeisesti ei ?

Arn

No ei ole, johan sanoin !

Sumu

Ok. Entäs ... onko täällä maapallon tyttö, joku tuttu maapallon tyttö ?

Arn

(kävelee harmissaan kauemmas) Eikä ole !

Alf

(Sumulle) Tässä laatikko, tai melkeinpä pakastin. Tätä ei voi kyllä kantaa. Siinä on painoa ihan liikaa ja vielä jäähdytinkin kaupan päälle. Lyki tuo pumppu vaikka sitten aluksen varas-

toon meitä varten. *(osoittaa käsikäyttöistä pumppua)* Joutuisimme viemään sen sinne joka tapauksessa.

Sumu

Kiitos, Alf. Näemme kohta taas ihmeitä koko rahan edestä.

Alf

Aivan niin. Leinikin ihmeet ovat hienoja !

Sumu

Ne ovatkin oikeita ihmeitä, eivätkä mitään taikatemppuja. Hän sai oppinsa ulkopuolisilta.

Alf

Vai ulkopuolisilta ? Keitä he ovat ?

Sumu

No .... multiversumilaisia, jotka liikkuvat vapaasti ajassa ja paikassa. Heipä hei.

Sumu heilauttaa kättään ja lykkii laatikon ovesta ulos. Hetken kuluttua Henrik saapuu paikalle ja pysähtyy tutkimaan kädessään olevia papereita. Hänen takanaan mustapukuiset asemiehet livahtavat avoimeksi jääneestä ovesta, mutta kukaan ei huomaa mitään, vaikka perässä juokseva asemies kolauttaa olkapäänsä kipeästi ovenkarmiin ja älähtää vaimeasti. Alf ajaa trukkia syvemmälle varastoon ja Arn tutkii erään laatikon papereita keskittyneenä. Alf saapuu takaisin kävellen. Henrik odottaa kärsivällisesti, että miehet lopettavat toimensa ja katsovat häntä kysyvä ilme kasvoillaan.

Henrik

Hyvältä näyttää pojat. Kohta olemme toisella planeetalla purkamassa tätä kaikkea. Onhan Leinikin paketti jo tullut ? Hän kiusaa kaikkia kyselyillään. Bertkin tuli luokseni ihmettelemään ihmerekvisiitan sijaintia, ja hän on sentään meidän kaikkien pomo.

Alf

On se. Tarkistimme juuri, ja se jo haettiinkin. Joku qayes haki.

Henrik

Ok. He ovatkin niin tunnollisia. Heikäläisten kanssa on mukavaa työskennellä. Ai niin. Saamme uuden työntekijän tänne varastoon ihan kohta. Hän tulee mukaan ennen matkan alkua, joten ehditte matkalla kouluttaa häntä taloon ja töihin.

Alf

Ai niinkö. Eihän meille vaan tule mitään irtisanomisia ?

Henrik

Ei toki. Ei tässä varastossa. Kyseessä on harjoittelija, joka kuulemma myöhemmin siirtyy muualle. Olkaa hänelle kilttejä. Jooko ? Hän on nuori nainen nimeltään Volette.

Alf

Ai tyttö ? Ok. Olemme kilttejä, tasa-arvoisia ja sukupuolineutraaleja. Emme tytöttele, naisittele, emmekä tädittele.

Henrik

Alf. Tiedäthän sitten, että häntä ei saa vikitellä edes leikillään. Laki on siinä suhteessa ankara, eikä epätoivottua flirttailua sallita.

Alf

Totta kai. Eikä Arnkaan varmaan ... ?

Henrik

No häntä en edes epäile moisesta. Sinä kuitenkin, rouvastasi ja tyttäristäsi huolimatta, omaat mainetta naistenmiehenä. Volette on harjoittelija, ettekä saa kohdella häntä huonosti. Hän on viimeksi asunut pyhällä planeetalla, joten hän on tottunut erittäin hyvään kohteluun. Haluan, että hän antaa meistä hyvän raportin. Qayesit pyhällä planeetalla suosittelivat häntä.

Arn

Ai häntäkin ? Outoa. Tietenkin kohtelemme häntä ystävällisesti, ja opetamme työn. Emme vaadi harjoittelijalta ihmeitä. Täällä meillä ihmeitä tekee ainoastaan Leinikki.

Henrik

Aivan niin. Nyt hänellä on sitten taas laatikollinen ihmetavaroita.

Alf

Olemme tietenkin täydellisiä herrasmiehiä, veli ja vaari tytölle, aivan kuin olisimme omille tyttärillemme konsanaan. Emme flirttaile, vaan kärsivällisesti opetamme ja isällisesti opastamme.

Arn

Onko Volette qayes ? Sumu äsken kyseli, että onko meillä töissä joku qayes tyttö ?

Henrik

Ei kai. Kyllä Volette on ihan maapallon tyttö. Ihan pirteä ilmestys, mutta muistakaa ... ei flirttailua !

Työjohtaja poistuu.

Arn

(tuijottaa Alfia) Ai joku tyttö tulee tänne juuri silloin, kun Lintu voi olla tulossa ? Sitten hän luuleekin, että viestini oli totta, ja häipyy takaisin kotiin ! Voiiii ... että !

Alf

Oletko huijannut häntä ? Lähetä toki tytöllesi uusi viesti ja selvitä asia. Se on aina parasta tehdä ajoissa, sillä muuten kyllä tulee sanomista. Kerrankin kun minä .....

Arn

(keskeyttää) Ai niinkö ? Sanonko, että valehtelin aluksi, mutta nyt se yllättäen onkin totta ? Jaa a ... tai voinko sanoa hänelle, että ... ennakoin tämän tytön työkaveriksi, jotta tulisit paikalle ennen häntä, ... mutta myöhästyit ? Voi voi.

Arn elehtii harmistuneena.

Alf

Arn. Kuuntele ! Tietenkin lähetät hänelle viestin, jossa sanotaan, että anteeksi, rakastan sinua, ja jossa sitten

... selität hänelle kaiken,

Arn

Tietenkin kaiken.

Alf

… seikkaperäisesti napakasti liioitellen,

Arn

Ahaa.

Alf

ja tarpeen vaatiessa sopivasti vähätellen ...

Arn

Niinkö ?

Alf

… ja sitten lepäämme leipiä napostellen.

Arn

Hyvä ajatus !

.

Arn nappaa puhelimen esiin ja lähettää viestin. Sen jälkeen miehet nousevat ison laatikon päälle jatkamaan keskeytynyttä ruokataukoaan.

I NÄYTÖS

3 Kohtaus

Arn ja Alf siirtelevät rahtia avaruuslentoasemalla avaruusristeilijän isossa rahtiruumassa. Ruumassa on keskellä iso käytävä, jonka reunoilla tavarat ovat. Ruumassa on ovi, josta Volette saapuu paikalle. Hän tutkii niin tarkasti ympäristöään että kompuroi jalkoihinsa ja lähes kaatuu. Hän heilauttaa kättään kaveruksille.

Volette

Heipä hei. Olen Volette. Tulen tänne teidän kanssanne harjoittelemaan.

Alf

No hei Volette. Tervetuloa. Olen Alf. Henrik jo kertoikin tulostasi. Kerronkin tähdellisimmät asiat heti saman tien. Tässä on varasto. Keskellä menee käytävä, *(näyttää käytävää molemmin käsin kuten lentostuertit)* jossa on hihna kuljettamista varten, ja reunoille olemme laittaneet tavarat siten, että kumpikin reuna painaa suunnilleen yhtä paljon, *(näyttää käsillään kummallekin sivulle)* jotta painovoiman alueella alus ei vaapu ikävästi. *(näyttää vaappumisen)* Sidomme myös lastin kiinni, etteivät tavarat leiju sinne tänne, jos keinopainovoima katoaa. *(näyttää leijumisen)* Myös kannet on syytä tarkistaa, etteivät sisällöt karkaa. Nesteitä varsinkin on hankala sitten myöhemmin saada takaisin astiaan. Siinä olivatkin tärkeimmät avaruuserikoisuudet. Osaat varmaankin ajaa trukilla ?

Volette

Osaan kyllä. Haluan oppia kaiken tästä varastotyöstä ja avaruusmatkustelusta isolla risteilijällä. Tiedättekö tekin, että seuraava konsertti on pyhällä planeetalla. Minä olen ollut siellä ennenkin !

Arn

Hauska tavata. Minä olen Arn. Vai se onkin pyhällä planeetalla ? Mistä itse olet alkujaan kotoisin ?

Volette

No voi vaikka mistä. Vanhempani ovat työskennelleet vehnäplaneetalla sekä pyhällä planeetalla, joten olen ollut useassa paikassa. Tunnen kieliä ja kulttuureita, mutta olen kuitenkin pesunkestävä maapallon tyttö. Asuin maapallolla osan lapsuuttani. Erotan heti ystävälliset, mutta hiukan oudot qayesit maapallon ihmisistä, vaikka en heitä paheksukaan. Päin vastoin. Minusta he ovat ihania !

Arn

Tunnut kovin tutulta. Oletko varma, että emme ole joskus tavanneet ?

Volette

Emme varmaankaan, sitä paitsi olen jo varattu. Poikaystäväni on kovin kiivas, eikä pidä siitä, että joku yrittäisi vietellä minua.

Arn

En toki sitä tarkoittanut. Minullakin on jo mielitiettyni, josta en haluaisi luopua. Tuskinpa sinusta kävisin riitelemään, vaikka vaikutatkin ihan mukavalta.

Volette

Ihanaa, että olet noin uskollinen rakkaallesi. Kuka hän on ? Onko hän mukanamme aluksella ?

Volette vilkuilee ympärilleen, kuin jotakuta etsien. Hän katselee käytävällekin.

Arn

En halua julkistaa intiimiasioita työssäni. Olen hiljainen yksityisasioistani, ja vaikenen kuin muuri. Minulta on turha kysellä mitään. Kaikki tietävät, että en koskaan puhu asioistani. Eikä kysymys tietenkään ole pelkästä uskollisuudesta, vaan ikuisesta rakkaudesta ja kiintymyksestä.

Volette

Hienoa että olet noin vähäsanainen ja lojaali. Hyvä että tuollaisiakin miehiä vielä on maailmassa. Jotkut miehet ajattelevat, että ruoho on vihreämpää aidan toisella puolella … tai, ... kunhan hoitaa viralliset velvollisuutensa niin vaihtelua voi hakea muualtakin… tai, … että kostoksi voi tehdä asioita, jotka myöhemmin voi unohtaa.

Arn

(loukkaantuu) Hyvä neiti ! Voit olla varma siitä, että minä en kuulu kyseisten miesten joukkoon !

Alf

(Volettelle) Aivan totta. Tämä herra rakastaa jotain poissaolevaa todellakin niin paljon, että ei viitsi edes kiinnostua paikalla olevasta kauneudesta. Toisin kuin minä ! Olen naimisissa, mutta heti vaatiessasi jätän koko muun elämäni ja seuraan sinua ... minne ikinä haluatkin mennä !

Volette

Voi teitä hassuleita ! En toki toivoisi, että jättäisit perheesi mokomaa unelmaa etsiessäsi, tai että Arn jättäisi ihanaa eksoplaneettalaista rakkauttaan turhan takia.

Arn

Mistä tiedät, että kyseessä on eksoplaneettalainen ? Emme puhuneet siitä mitään.

Volette

(nolostuu) Anteeksi ... tuota ... otin teistä selvää ennen tuloani. Kaikki täällä tietävät, että sinulla on suuri rakkaus pyhällä planeetalla. Hän on qayes neito, eikä suinkaan maapallon ihminen. Olen kovin ihastunut uskollisuudestasi häntä kohtaan. En tahallani vakoillut, vaan olin ainoastaan utelias. Alfistakin tiedän, että hän on naimisissa ja hänellä on tyttäriä. On hyvä tietää hiukan ihmisistä etukäteen, että ei vahingossa puhu mitään ajattelematonta.

Alf

(vaivaantuneena) No mitä nyt ? Kaikkihan on ihan hyvin, turha kinastella. Työt alkavat kohta, ja kun saavumme pyhälle planeetalle Arnkin voi tavata tyttönsä taas !

Volette

Outoa, että teillä on kuitenkin näin vähän naisia töissä ? Luulin että kanssanne olisi joku tyttö työrupeamaa piristämässä.

Volette vilkuilee taas ympärilleen ja kurkkii jopa laatikoitten ja konttien väliin.

Alf

Sattuman kauppaa. Mutta ei se mitään. Minua odottaa kotona kokonainen talo täynnä eri ikäisiä naisia.

Volette

Luulin kuitenkin, että tyttöjä olisi enemmän ..... esimerkiksi vaikka Arnille ystäviksi. Hän on kuitenkin komea poikamies, josta monet nuoret, tai vaikka vanhemmatkin naiset voisivat olla kiinnostuneita. *(hihittää)* Tietenkään hän ei heistä välittäisi, mutta siitä huolimatta !

Alf

Aivan niin !

Volette

Olisihan se nyt ihan kumma, jos näin isossa risteilijässä ei olisi naisia töissä ?

Alf

No, onhan meillä vaikka ketä. *(laskee sormin)* Esimerkiksi heitä on tuota noin, ... esiintymislavalla, johtoryhmässä, keittiössä, komentosillalla, konehuoneessa, kuljetuksissa, ohjaamossa, toimistossa ja ylläpidossa. Kukaan heistä vaan ei kiinnosta arvon herraamme. Ilmeisesti ei kukaan edes täällä varastossa ?

Volette

No jopas.

Arn siirtyy kyllästyneen näköisenä hiukan kauemmas kädet mielenosoituksellisesti taskuissa.

Alf

Oletko siis asunut joskus pyhällä planeetalla ? Millaista siellä on ?

Volette

Voi sentään. Olin siellä niin vähän aikaa. Jotain tiedän kuitenkin. Pyhän planeetan luonto on henkeäsalpaavan ihana ja qayesit haluavat pitää siitä hyvää huolta. He eivät liikakansoitu. He eivät teollisuudellaan tuhoa luontoa liikaa. Vain sen mitä tarvitsevat he ottavat, ja yrittävät korvata senkin, mutta luulen, että koko asia on meille maapallolaisille vaikea ymmärtää.

Alf

Miten niin ?

Volette

Mehän emme ole yksimielisiä koskaan. Joillekin jopa maksetaan siitä hyvästä, että he estävät yhteisymmärryksen valehtelemalla ja lobbaamalla maksajansa puolesta. Eripurainen ihmiskunta ei pysty suojelemaan maailmaansa itseltään.

Alf

Olet mielestäni aika pessimistinen. Yleensä ihmiset kyllä yhdistyvät vaaran uhatessa, vai mitä ?

Volette

Toivon että olet oikeassa. Tähän mennessä lyhytnäköinen pienen vähemmistön etu on ollut tärkeämpää.

Qayesit sen sijaan ovat yhtä maailmansa kanssa. Heidän maailmansa on täynnä eläviä olentoja, jotka kaikki ovat heille kaikille tärkeitä. He eivät tuhoa ympäristöään kilpaillakseen keskenään. Miksi he kilpailisivat maailmassa, jossa ei ole puutetta, eikä uhkaa ? Miksi he tuhoaisivat omaa elinympäristöään ? Eihän siinä sitten voisi enää elää hyvin ?

Alf

No ... olisipa joku kertonut meillekin tämän ajoissa ?

Volette

Qayesit ovat erilaisia olentoja kuin me. Koska he eivät kansoita planeettaansa liikaa, on kaikkea riittävästi kaikille.

Alf

Olet kai oikeassa. Me ehkä korjaamme maailmamme, mutta se ei enää koskaan tule samanlaiseksi.

Alf menee kauemmas tutkimaan rahtia. Volette hiipii Arnin välittömään läheisyyteen melkein kiinni häneen lanteitaan keinutellen, silmiään räpytellen ja huulet kutsuvasti raollaan.

Volette

Eikö täällä tosiaankaan ole ketään tyttöä oloasi sulostuttamassa ?

Arn käännähtää ja hätkähtää Voletten läheisyyttä. Hän tuijottaa Volettea hetken kiinteästi silmiin. Heidän kasvonsa lähestyvät ja melkein koskettavat toisiaan. Juuri ennen huulien kosketusta Arn kavahtaa poispäin.

Arn

(rykäisee) Tuskinpa vaan kiinnostuisin muista naisista. Odotan tapaavani Linnun, enkä halua harmeja. En tiennyt, että olemme menossa pyhälle planeetalle. Ehkä Lintu ei siksi tullut maapallolle luokseni ?

Volette

Vai Linnun ? Minä olisin kuitenkin tässä ja nyt. Uskotko todellakin, että rakkaus voi kantaa valovuosien päähän ja ohittaa sen tosiasian, että olemme olemassa vain vähän aikaa. Voisimme tehdä elämämme toisillemme paremmaksi edes siksi pieneksi hetkeksi. Voisimme jopa rakastua, ja elää yhteisen elämän vanhaksi asti. Kannattaako odottaa jotain, jota ei tule ? Ehkä Linnullakin on jo toinen mies ?

Arn

Volette, olethan sinä toki ihana. Tuntui aivan siltä kuin Lintu olisi saapunut luokseni. En kuitenkaan voi pysyvää rakkauttani ohittaa ohimenevän ihastuksen takia. Odotan häntä aivan kohta saapuvaksi kun laskeudumme pyhälle planeetalle, ja jos hän ei tule, niin minä menen hänen kotiinsa häntä etsimään. Olenhan itsekin asunut siellä.

Volette

Mitäs jos hän on suuttunut sinulle, eikä halua nähdä sinua ? Olettehan erossa. Hän voi olla suuttunut.

Arn

Miksi olisi suuttunut ? Oletpa outo, Volette. No .... sittenpä tiedän ! Uskon kuitenkin, että Lintu saapuu meitä vastaan, koska hänkin rakastaa minua, ja jos hänellä on joku toinen, niin haluan itse nähdä sen. Lintu saapuu kyllä.

Alf palaa paikalle. Henrik saapuu ovesta ja kuulee osan keskustelusta. Hänen jälkeensä Sumu ja Leinikki tulevat samasta ovesta.

Henrik

No niin. Lintu ei saapunut, vaan minä. Lähdemme kohta pyhälle planeetalle. Ruuma suljetaan lähdön ajaksi. Kaikki henkilöt pois ruumasta !

Leinikki

(huudahtaa ovelta) Hetkinen ! Laatikossa ei ollut kaikkia mausteita, joita tarvitsen esitykseen !

Sumu

Etsin varastosta hiukan, jos vaikka löydän toisen laatikon. Voitteko auttaa ? Varasto on kuitenkin aika iso.

Alf

Ilman muuta autan, mutta tarkistin juuri lastia. Ei täällä ollut toista laatikkoa Leinikille.

Leinikki

(hiljaisemmalla äänellä) Arn, kuka tuo tyttö on ? Onko hän siis se tuttu tyttö ?

Arn

(esittelee kaikille) Tämä tässä on Volette ! Hän tuli juuri ryhmäämme harjoittelemaan varastoalaa avaruusristeilijällä !

Leinikki

(Volettelle) Minä olen Leinikki ! Hei !

Volette

Hei vaan ! Tiedän kyllä. Olet se ihmeitä tekevä tyttö.

Sumu

(Volettelle) Hei ! Ai ... Volette ? Oletpas tutun oloinen ! Ihan kuin .... hmm ... nimi on jotenkin kielen päällä ... ? Oletkos qayes ?

Volette ryhtyy yllättäen tanssimaan ja pyörii ympyrää. Kaikki tuijottavat ihmeissään.

Volette

Hei vaan kaikki ! Katsokaa tanssiani ! Liitelen ja lepattelen ! Olen maapallon tyttö ja harjoittelen täällä varastossa ! Olen iloinen ja lentelen pyrähdellen ! Pyr ... pyr ...

Volette tanssii tovin ja lopettaa sitten esityksensä hymyillen pyörähdykseen ja balettiasentoon. Muut tuijottavat häntä hetken ja tointuvat sitten.

Sumu

(*lähtee syvemmälle varastoon*) Ok ! Asia selvä. Etsin sen toisen laatikon.

Alf

(lähtee samaan suuntaan) Minä autan.

Leinikki

Tämä on ihan kauheata ! Aromit ovat hukassa ! Pelkään että koko esitys menee pieleen ja isä pettyy, ja läksytkin jäävät tekemättä ! Joskus kaikki on ihan kurjaa !

Volette

(ottaa Leinikkiä käsistä kiinni) Älä pelkää Leinikki. Kaikki menee varmasti ihan hyvin.

Leinikki

Kiitos Volette. Tanssit ihan hienosti.

Volette

(hymyilee) Kiitos.

Alf ja Sumu penkovat laatikoita hiukan paniikinomaisesti Leinikkiä vilkuillen.

Sumu

Hei, löysin ne ! Tässä pikkulaatikossa on aromipusseja. Ne olivat joutuneet väärään laatikkoon. Tässä lukee : "Vesinokkaeläimen ruokaa".

Alf

No se selittääkin kaiken. Pakkasivat väärät pöperöt sille otukselle. Erehtyivät tietenkin, koska se on ollut niin vähän aikaa kiertueen mukana. Luulivat myös, että se asuu omassa postiosoitteessaan, *(hymähtelee)*, missään ei lue, että Leinikille.

Sumu tuo laatikon ja näyttää sitä Leinikille.

Leinikki

Ihanaa ! ... Mutta missä se vesinokkaeläimen ruoka sitten on ? En halua että se nuukahtaa kesken esityksen. No ... keittiössä kyllä osaavat auttaa.

Volette

(huojentuneena) Hienoa että aromit löytyivät ja kaikki on kunnossa.

Alf

Hyvä juttu, Leinikki. Aiomme katsoa esityksesi ja toivomme, että kaikki menee hyvin. Outoa, että aromit olivat eri laatikossa. Se alkuperäinen laatikkokin on aika tilava. Sanopas, isossa ihmelaatikossa on jäähdytys päällä. Miksiköhän ? Haluatko kuljettaa jäätä ?

Leinikki

Jäätelöä, Alf, mutta se on salaisuus. Älä kerro kenellekään, ethän ? Aion tehdä jäätelöihmeitä.

Alf

(on kuiskaavinaan) Iso on laatikko ! Taisit ottaa mukaan koko vuoden jäätelöt ! Leinikki tyttönen, salaisuutesi on meillä turvassa !

Arn lähestyy Leinikkiä puhuakseen tälle yksityisesti. Hän ottaa leinikkiä kädestä ja vie tämän kauemmas. Kaikki muutkin huomaavat tämän ja hiipivät kuin vahingossa lähietäisyydelle kuuntelemaan.

Arn

(Leinikille) Lähetin viestin Linnulle. Pyysin anteeksi.

Leinikki

Hienoa, Arn. Kaikki on varmaan ihan hyvin. Lintu leppyy.

Volette

Aivan niin.

Alf

Näin varmaankin.

Henrik

Totta kai leppyy.

Sumu

Ehkä hän on jo leppynyt aiemmin ?

Alf

Niin. Ehkä ei enää ollutkaan ongelmaa.

Arn

Ystävät hyvät, voisitteko mennä hiukan kauemmas ? Jospa haluaisin jutella Leinikin kanssa ihan kahdestaan ! Ajatelkaa vaikka, että puhumme keskenämme jotain todella arkaluontoista !

Volette

No tottahan toki.

Alf

Tietenkin, Arn.

Henrik

Saatte tekin hiukan yksityisyyttä.

Sumu

Ilman muuta.

Salakuuntelijat katselevat toisiaan. Kukaan ei tee elettäkään siirtyäkseen ensimmäisenä kauemmas, joten Arn huokaisee ja kääntyy puhuttelemaan Leinikkiä.

Arn

Leinikki, ... enhän minä ole enää vesinokkaeläin ?

Leinikki

(naureskellen) Voi Arn. Eihän sitä koskaan voi tietää. Minusta et ole, mutta ? Tiesitkö, että

vesinokkaeläin tuo,
mikä kumma edes moisen luo,
ei lisko lie, eikä lintukaan,
muistuttaako nisäkästäkään ?
On siinä monta olentoa,

munia tekee, vaan ei lentoa.

Sellainen on vesinokkaeläin tuo.

Kaikki poistuvat ruumasta.

II NÄYTÖS

1 Kohtaus

Avaruusristeilijä lähtee avaruuteen myöhään illalla ja pian useimmat matkalaiset vaipuvat hyteissään yöpuulle. Arn nukkuu levottomasti painajaisia nähden, mutisee unissaan, ja heräilee aina välillä. Volette saapuu hänen hyttiinsä ja lymyää varjossa lähellä ikkunaa. Arnin nukahtaessa syvempään uneen Volette nappulaa painamalla poistaa metallisen verhon ison ikkunan edestä. Valaisevia kappaleita on juuri riittävän lähellä, joten avaruuden hämyn valaistessa Voletten hänen kehonsa ääriviivat näkyvät läpinäkyvän yöpaidan läpi.

Volette

(kuiskaa) Arn. Rakastatko minua todella ?

Arn

(mutisee puoliunessa) Kuka siellä ? Onko täällä joku ?

Volette

Olen Lintu. Olenhan sinun rakkaasi, Arn ?

Arn

Lintu ? Lintu, rakastan sinua. Lähetinhän viestin. Saitko sitä ? Pyysin anteeksi tekoani.

Volette

Uskonko siihen ? Miksi lähdit pois ? Haluatko muita tyttöjä ? Miksi hylkäsit minut ?

Arn katsoo unisilla silmillään Voletten sivuprofiilia ikkunan edessä.

Volette

Entä uusi tyttöystäväsi ? Sanoit että sinulla on joku tuttu tyttö ? Onko hän parempi kuin minä ? Etkö haluakaan merkityksellistä tyttöä ?

Arn

Mitä tyttöä ?

Volette

(hiukan harmistuneena) No merkityksellistä !

Arn

Merkityksellistä ... totta kai ... juurikin haluan merkityksellisen tytön ! Olen pahoillani, Lintu. En edes tiennyt Volettesta, kun kirjoitin sen viestin. Hän tuli myöhemmin. Volette on vain mukava työkaveri ja ystävä. Hänellä on oma armaansa maapallolla ... Lintu, oletko todella täällä ? Ovatko nuo muodot sinun ... nuo kaaret ... ja kummut ? Eihän se ole mahdollista ? Olet kaukana toisella planeetalla.

Volette

Totta kai ne ovat minun ! Ketä odotit ? Voi kunpa voisin uskoa sinua, Arn. Ehkä oletkin vain sellainen poika, joka lentelee linnusta lintuun.

Arn

Lintu rakas ! Usko minua ! En lentele !

Arn havahtuu puoliunesta istuvaan asentoon silmiään hieroen. Volette katoaa pakoon. Arn nousee ylös ja sytyttää valot.

Arn

(etsii Lintua katseellaan) Usko minua Lintu ! En koskaan olisi tehnyt sitä, jos olisin tiennyt mihin kaikki johtaa. Halusin vain tietää, vieläkö välität minusta ? En koskaan halunnut loukata sinua !

Alf on kuullut meteliä viereiseen hyttiin ja saapuu ovesta pyjamassaan tuoli iskuun valmiina. Ovi jää auki.

Alf

Mitä kummaa täällä tapahtuu ? Mitä huudat ? Onko täällä joku muukin ? Onko täällä varkaita, murhamiehiä … tai mörköjä ! Mehän olemme avaruudessa. Ei kai täällä ole vieraita ? Koko alushan on lähes täynnä omaa seuruettamme.

Leinikki saapuu paikalle uniasussaan suu ammollaan haukotellen. Hän ottaa tyynesti tuolin Alfilta ja istuu siihen silmiään hieroen. Avoimesta ovesta näkyy kuinka mustapukuinen aseistettu henkilö juoksee äänettömästi käytävällä oviaukon edestä. Hän kurkistaa sisälle, mutta kukaan ei katso siihen suuntaan. Hetken kuluttua toinen samanlainen vilahtaa oviaukon edestä. Leinikki lopettaa haukottelun ja nousee tuolista sulkemaan oven. Suljetun oven alla olevasta raosta näkyy kirkas valkoinen valonvälähdys. Leinikki istuu takaisin tuolille silmät vieläkin puoliksi kiinni. Hän hieroo silmiään.

Leinikki

Älkää metelöikö niin kauheasti. Kohta joku vartija tai avaruusupseeri tulee paikalle. En halua, että tästä tulee kauhea puhuttelu huomenna, kun on tärkeä treenipäivä. Haluan tehdä uusia ihmeitä ihan rauhassa, enkä kuunnella mitään nalkutusta.

Arn

(tohkeissaan) Kuulkaa ! Lintu oli täällä ! Niin niin ... tiedän kyllä, että se on mahdotonta. Olemmehan avaruudessa. Lintu kuitenkin oli täällä ja keskusteli kanssani. Hänellä oli yöpaita ja ihana keho. Hän oli aivan suloinen ja läpinäkyvä. Oli kaaria ja kumpuja ja vaikka mitä. Hän puhui kanssani !

Leinikki

Nyt olet kyllä nähnyt unta, Arn. Mehän olemme menossa hänen luokseen. Ei hän turhaan tulisi tänne vaikka pääsisi. Tuhma Arn ! Olet tietenkin nähnyt seksiunia !

Arn

Ei ollut mikään seksiuni !

Alf

Eihän tänne pääse mitenkään muuten kuin ilmalukosta. Ne pitää avata komentosillalta. Kyllä me kaikki olisimme sen huomanneet, ja siitä olisi kuulutettu koko alukselle turvallisuuden takia. Hohhoijaa mikä juttu. En minä ainakaan kuullut sellaista kuulutusta : "Huomio kaikki matkustajat, ... ilmalukossa qayes neito läpinäkyvässä yöpaidassa toivoo sisäänpääsyä nuorukaisen hyttiin."

Arn

Viis yöpaidasta ! Ei se ole tärkeää. En minäkään ymmärrä tätä. Tiedän mitä näin ja se siitä. Hän se oli ... ei kai hän ole vihainen enää ? Ei voi olla. Korjasin tilanteen viestillä. Kaiken pitäisi olla ihan hyvin.

Leinikki

Niinkö ? Taisit mainita siitä aiemmin. Mitä kirjoitit hänelle ?

Arn

(tarkistaa puhelimestaan) Kirjoitin että: "Valehtelin tutusta tytöstä. Anteeksi."

Leinikki

Mitä ? Ihanko totta ! Voi plääh ! Olipas siinä katuvainen anteeksipyyntö totta tosiaan ! Mitähän päässäsi oikein liikkuu ? Kysynpä Jalmarilta.

Arn

Kuka hän nyt sitten on, keneltä Jalmarilta ?

Leinikki

No siltä vesinokkaeläimeltä.

Alf

Leinikki on hiukan kärkevä, mutta kyllä tuo minunkin kokemusteni perusteella on hiukan liian laimea anteeksipyynnöksi. Arn, et taida olla mikään lemmestä lurittaja, vai mitä. Vaimoni mököttäisi tuollaisen viestin jälkeen päivätolkulla. Tuskin saisi sanaa suustaan, eikä pusuttaisi enää, kun lähdemme töihin, ja eväätkin saisin itse pakata mukaan. Sinulla on kyllä vielä hiukan oppimista parisuhteesta, vaikka tunnettekin toisenne niin syvällisesti. Kerrankin rouvani lähti viikoksi äitinsä luo lapset mukanaan ! Koko viikoksi ! Hän lupasi tulla kotiin vasta tiukkojen neuvottelujen jälkeen. Toden totta, oikea suhde paljastuu vasta vaikeuksien kautta. Kestääkö se vastoinkäymisissä, vai ei ?

Leinikki

Olisit edes selittänyt syyn tekoosi ja sanonut vaikka, ... että rakastat häntä ja ... ikävöit ja ... kaipaat ja ... ikävöit ..... ja niin edelleen ! Unohda yöpaidat, ja anna tänne se puhelin !

Leinikki lähes riistää puhelimen Arnilta ja kirjoittaa viestin. Hän lukee sen Arnille.

Leinikki

"Anteeksi Lintu tekoni. Kirjoitin tutusta tytöstä, koska rakastan sinua suuresti. Halusin, että mustasukkaisena tulisit heti luokseni maapallolle, jossa voisin sitten selittää kaiken. Rakastan vain sinua, ja haluan että syömme jäätelöä yhdessä. Minä tarjoan."

Leinikki painaa nappulaa ja katsoo Arnia haastavasti.

Leinikki

No niin ! Nyt lähti !

Arn

Miksi jäätelöä ?

Leinikki

Minun vaan rupesi tekemään mieli jäätelöä. Anteeksi ... suunnittelen sitä jäätelöihmettä.

Alf

Pääasia, että asia on nyt hoidettu ja pääsemme toivottavasti kaikki nukkumaan ihan rauhassa ilman, että ihan muualla olevat ihmiset yllättäen ovatkin hyteissämme ! Mitä siitä nyt tulee, että kukumme kaiken yötä yöpaitaisia kummituksia jahtaamassa. Todellakin paheksun koko juttua ! Ensi kerralla sanot sille, että tulee suoraan minun hyttiini !

Seurueen turvallisuusvastaava saapuu paikalle. Larsson tulee huoneeseen lupaa kysymättä, tutkii huonetta tarkasti ja kuuntelee viestimiään. Muut vilkuilevat häntä, mutta eivät sano hänelle mitään. Arnin puhelin ääntelee viestin merkiksi. Hän lukee viestiä hartaasti, ja lukee sen sitten muillekin ääneen.

Arn

Kuunnelkaa. "Kuinka voisin enää koskaan uskoa sinuun, Arn. Ehkäpä haluaisitkin tarjota jäätelösi Volettelle ? Olet kuulemma tulossa pyhälle planeetalle. Sananlaskun mukaan pyhällä planeetalla kaikki asiat ratkeavat."

Leinikki

Arvasin kyllä tämän. Hän on niin loukkaantunut, että ei usko sanojasi, koska Volette on mukanamme. Anteeksi jäätelöstä, en tiedä enää, mitä asialle voisi tehdä. Yöpaitajutut ymmärrän tavallaan, mutta minusta teidän kyllä pitäisi vaan keskustella. Minä menen nyt takaisin nukkumaan. Teen huomenna jäätelöihmeitä, enkä halua olla hirveän uninen. Anteeksi Arn, mutta tämän ongelman joudut kyllä ratkaisemaan ihan itse.

Larsson

Pyydän anteeksi häiriötä, nimeni on Larsson, ja vastaan koko seurueen turvallisuudesta. Oliko täällä joku tunkeilija ? Saimme outoja hälytyksiä. Käytävällä oli toimintaa tosi paljon. Oli katoavia vähäpukeisia hahmoja, haukottelevia tallustelijoita, huonekalujen kanssa hiipijöitä, kirkkaita valoja ja vikkeliä juoksijoita, sekä tämä tuoli tässä. *(laittaa kätensä Leinikin tuolin selkänojalle kysyvä ilme kasvoillaan)*

Leinikki

(osoittaa Arnia) Hah ! Varmaankin oli myös joku mielikuvitusystävä.

Alf

Ihana yöpaitaolento on jo kadonnut. *(haukottelee)*

Päävartija tuijottaa hetken kaikkia ihmeissään, lukee tarkasti manuaaliaan ja painelee viestimensä nappuloita. Lopuksi hän vie laitteen korvalleen.

Larsson

(virallisella äänellä) Koodi 105, henkilö näki todellisen tuntuisen seksiunen.

Leinikki

Mitäs minä sanoin !

Larsson

Koodi 0. Saavumme tukikohtaan.

Ovesta ryntää sisään toinen vartija tohkeissaan plasmakivääri valmiina. Will on nuori harjoittelija, joka säikäyttää kaikki.

Will

Kaikki maahan mahalleen !

Kädet pään päälle !

Seinää vasten !

Kädet selän taakse !

Valmistautukaa tarkastukseen !

Polvillenne !

Alf on ainoa joka ehtii suorittaa joitain komentoja. Muut jähmettyvät paikoilleen.

Larsson

No mitä nyt Will ? Juurihan totesin, että kaikki on hyvin ?

Will

(tutkii viestintään) Raportin mukaan täällä on terroristi, ja joku yöpaitaan pukeutunut henkilö on kateissa !

Leinikki

Minähän se olen. Enkä ole terroristi, tai lainkaan kateissa. Sitä paitsi, ... tämä on uniasu !

Larsson

Koodi 0. Saavumme tukikohtaan.

Will

(virallisella äänellä) Koodi 0. Kaikki tukikohtaan, toistan, yöpaita onkin uniasu, kaikki tukikohtaan !

Larsson

No voi hyvä tavaton. Olkaa kuitenkin varovaisia, hyvä herrasväki. Olemme saaneet tiedustelupalvelulta viestin, että aseistettu terroristi, tai useampi, on todennäköisesti päässyt hiipimään alukseen, ja lymyilee jossain. Näin suuressa risteilijässä kaikki on mahdollista. Vielä ei ehkä ole vaaraa, jos he haluavat iskeä vasta konsertissa, mutta olkaa kuitenkin varuillanne .... älkää liikkuko yksin, vaan ottakaa aina joku muukin mukaanne. Ellette löydä ketään, pyytäkää vaikka meiltä vartija seuraksenne. Jos huomaatte jotain outoa, niin ilmoittakaa heti meille. Näettehän, että olemme jo nyt normaalia raskaammin aseistettuja.

Will

(virallisella äänellä Leinikkiä katsoen) Minä olen kyllä vapaaehtoinen seuralainen.

Leinikki

(ilkikurisesti) No, mutta Will. Kiitos että turvaat meitä.

Alf

(Larssonille) Ok. Käyn rahdin uudestaan läpi huomenna. Nyt menen nukkumaan. Älä ole pahoillasi Arn. Kaikki kyllä järjestyy ja kokemusteni mukaan naisetkin lopuksi leppyvät.

Leinikki

Niinkö ? Sepä olikin mielenkiintoinen kommentti. Ketkä naiset ?

Hyvää yötä teille.

Alf

Hyvää yötä.

Arn

Hyvää yötä.

Larsson

(katsoo Williä moittivasti) Hyvää yötä. *(lähtee pois)*

Leinikki poistuu Alf perässään. Arn menee takaisin nukkumaan. Will jää yksin jäljelle ja tutkii mahdolliset piilopaikat ennen poistumistaan.

Will

Hyvää yötä, hyvä herrasväki.
Katsomme vielä paikat läpi,
jotta lymyäis muualla rosvot nää,
vaik' kaks metrii mullan alla ja sit' heille hyvästi jää.

Lähtiessään Will sammuttaa valot.

II NÄYTÖS

2 Kohtaus

Leinikin hytin ovi aukenee ja merkissä taistelijoitten itsemurhakommandot ryntäävät sisään puuskuttaen aseet tanassa. Leinikki ei ole vielä paikalla, vaan Arnin hytissä. Miehet eivät sytytä valoja, vaan käyttävät taskulamppujaan. Normaali valo käytävältä näkyy hetken oven alta ja sammuu sitten.

Kommando

Miten ihmeessä käytävä on ihan täynnä ihmisiä keskellä yötä ! Millaisia yökyöpeleitä täällä matkustaa ? Eikö kukaan halua nukkua yöllä ! Meidän täytyy löytää piilopaikka hetkeksi. Ollaan täällä loppuyö. Ehkä kukaan ei tule enää tähän hyttiin nukkumaan.

Kommando2

Aijai. Olkapää on vieläkin kipeä. *(hieroo olkapäätään)*

Kommando

Älä ruikuta siinä. Mikä kommando sinäkin olet, kun kolhit itseäsi ovenkarmiin. Naurettavaa. Kun palaamme kotiin, niin kerron päällikölle kaiken. Pääset siivoamaan vessoja koulutusleirille, jos ammattisiivoojat antavat luvan.

Kommando2

Kipeä se silti on. Eikä kameroitten häirintälaitekaan toimi kunnolla. Huonosti alkoi matkamme. Mikä se kirkas valonvälähdys oikein oli ? Huomasitko ? Aivan kuin joku kirkasvaloinen olisi tunkeutunut alukseen ?

Kommando

Kirkasvaloinen ?

Kommando2

No, siltä se näytti. Olit jo edennyt liian pitkälle käytävälle nähdäksesi. Valo tunkeutui seinän läpi hetkeksi ja himmeni sitten. Minusta joku hahmo seisoi siinä kohdassa ja katosi. Musta ja hopeanhohtoinen hahmo oli ensin teräväpiirteinen ja sitten näkymätön … se tuli ulkoseinän läpi, … avaruudesta.

Kommando

Huomasin kyllä jonkun välähdyksen. Se oli tosi kirkas, mutta en ajatellut, että joku olisi tullut sen mukana. Eikö se nyt olisi aika outoa ? Kirkasvalotunkeutuminen avaruusalukseen kesken matkan ? Mehän liikumme suunnattomalla vauhdilla avaruudessa, joka on voimakkaasti kaareutunut. *(yrittää kuvailla vauhtia ja kaareutumista käsillään)* En voi millään käsittää, että joku voisi osua alukseen käytävän kohdalla, eikä esimerkiksi moottoriin, tai reaktoriin, tai mihin vaan.

Kommando2

Minusta tuntuu, että tämä tehtävämme menee pieleen. Emme ikinä pääse planeetalle Neitsyttä ja muita esiintyjiä hoitelemaan. Suurin osa esiintyjistä on jo aluksessa mukanamme.

Hoidetaan täällä ne, jotka vielä ehdimme. Sitten kaikki on ohi. Tapetaan kaikki nyt heti, ja tuhotaan vaikka koko alus.

Kommando pohtii asioita kotvan aikaa punniten vaihtoehtoja huolellisesti ja laittaa aseen selkäänsä.

Kommando

Ei käy ! Neitsyt on tärkein kohde. Minä olen vastuussa tästä tehtävästä ja olemme sopineet muuta. Teemme sopimuksen mukaan. Menemme planeetalle, ja hyökkäämme vasta siellä. Esityksen aikana saamme iskulle mahdollisimman paljon julkisuutta ja enemmän uhreja. Nyt on tärkeintä pysyä piilossa, kunnes pääsemme perille. Siellä on runsaasti tarvikkeitakin. Muista, että meitä odotetaan. Emme voi jättää ystävää pulaan. Olemmehan kaikki merkissä taistelijoita. Eläköön merkki !

Kommando2

Olkoon sitten. Emme voi kuitenkaan piileskellä tässä hytissä koko matkaa. Jokuhan asuu täällä ja tulee varmasti paikalle. Paljastumme.

Kommando

Minulla on suunnitelma ja aluksen piirustukset mukanani. Siirrymme parempaan paikkaan, kunhan tilanne rauhoittuu.

Kommando2

Saisimmepa vain kameroitten häirintälaitteen taas toimimaan. Se pätkii pahasti. Luulen että olemme joutuneet kameraan ainakin pari kertaa ... he tietävät meistä ... joudumme vielä kiinni.

Kommando

(osoittaa toista sormellaan) Muista siinä tapauksessa tappaa itsesi, että sinua ei voida kuulustella. Päällikkö luottaa lojaalisuuteesi ja hiljaisuuteesi. Haluathan tulla sankariksi ?

Kommando2

Totta kai. Uskon että johtajat tietävät paremmin. Jos he uhraavat meidät, on siihen tietenkin hyvä syy. Olen kyllä toisinaan ihmetellyt sitä, miksi he eivät itse tee mitään vaarallista ?

Kommando

Tietenkin siksi koska he ovat johtajia ja me olemme itsemurhakommandoja. Mikä kysymys tuokin nyt muka on ? Oletko ihan hölmö ? Ei kannata kysyä moista ainakaan julkisesti. Me olemme kuitenkin kansamme ja uskomme rohkeita sankareita. Suu vaan kiinni, tai hukka perii !

Kommando2

(paheksuvan näköisenä) Jaa. Niin tietty. Ajattelin vaan. Se viimekertainenkin käskyttäjä vaikutti hyvin vetelältä ja nautinnonhaluiselta otukselta. Tuskinpa herrasta on muuhun kuin höpöttelyyn ja ruoan kierrättämiseen lannoitteeksi. Näkisinpä mielelläni hänen joskus laittavan itsensä alttiiksi muullekin kuin leukalihaksen krampille. Nähdäkseni hän vain vetelehtii ja paasaa ruokansa eteen. Osaakohan edes ampua ? Ja entäs hautajaiset sitten, saisiko pyytää edes hartautta kuolleen sankarin hautajaisissa ilman mässäilyä ? Viimeksi piparit mais-

tuivat hiukan liikaa, vaikka kuollut oli hänen itsensä värväämä itsemurhakommando. Itkevälle äidille selitti höpöjä samalla kun mutusteli kakkuja.

Kommando

Hiljaa ! Käytävällä on taas valo päällä. Joku voi olla tulossa. Mene heti tuohon isoon laatikkoon piiloon. Minä katson toisen paikan.

Kommando osoittaa ystävälleen Leinikin ihmerekvisiittalaatikkoa, ja alkaa itse käännellä taskulamppuaan epätoivoisesti piilopaikkaa etsien. Toinen kommando pyyhkäisee laatikon päällä olevat koulukirjat lattialle, avaa kannen lukitussalvat, nostaa kantta, menee laatikkoon ja vetää kannen kiinni. Piilopaikkaa vailla jäänyt vajoaa lattialle polvilleen ja tutkii sängyn alustaa lampullaan.

Kommando2

(raottaa kantta ja työntää päänsä näkyviin) Tämä laatikkohan on aivan kylmä ! Jääkylmä !

Kommando

(vilkaisee ylös) Suu ja kansi kiinni. Nopeasti. Minä menen sängyn alle. Älä tule ulos ennen kuin annan luvan !

Toinen kommando laskee päänsä sisään ja sulkee laatikon kannen.

Kommando

(työntyy puoliksi sängyn alle) Täällähän on jo jotain. Mitä kummaa ?

Kommando säikähtää jotain sängyn alla olevaa, huutaa säikähdyksestä ja vetäytyy pois. Hän ei huomaa ajoissa muuta ympäristöä. Ovi aukeaa ja sulkeutuu ja jokin vilahtaa varjoon. Mustasta varjosta tulee mustaan viittaan pukeutunut hahmo esiin. Valmiiksi jo säikähtänyt kommando suuntaa lamppunsa hahmoon. Garfer lyö hänet tajuttomaksi miekkansa kahvalla, ja laittaa miekan vyölleen.

Garfer

Suu kiinni. Ihmiset yrittävät nukkua.

Leinikki saapuu uniasussaan ja sytyttää valot. Hän huomaa välittömästi mustaan viittaan ja hopeanhohtoiseen panssaripaitaan pukeutuneen miekkamiehen. Garfer peittää kehollaan näkyvistä tajuttoman kommandon. Leinikki jähmettyy hetkeksi paikalleen hämmästyneenä ja ryntää sitten halaamaan.

Leinikki

Garfer ! Ihanaa että tulit ! Olen niin kaivannut sinua ! Arvasin, että nyt kyllä tulet !

Garfer

Minäkin olen kaivannut sinua, pikkuinen, vaikka et olekaan enää niin pikkuinen. Oletpas kasvanut ! Miten niin arvasit, että tulen käymään ? Tiesitkö sinäkin näistä merkissä taistelijoitten kommandoista ja murhasuunnitelmasta ?

Leinikki

Kyllä kai. Kuulin jotain sellaista, mutta nyt on tärkeä esitys ! *(Leinikki liikehtii paikallaan innostuneena)* Haluan että opetat minulle lisää uusia ihmeitä. Koko pyhä planeetta tulee katsomaan meitä. Haluan tehdä jotain uutta ! Sain jo jäätelöä avuksi, mutta se ei riitä. *(Leinikki astuu kirjan päälle)* Miksi nuo kirjat ovat lattialla ? Luulin, että jätin ne laatikon päälle.

Leinikki nostaa koulukirjat takaisin laatikon päälle. Samassa hän huomaa että lukituksetkin ovat auki ja sulkee laatikon kannen lukitussalvat.

Leinikki

Olenpas ollut hajamielinen. Toivottavasti jäätelöt eivät sulaneet.

Garfer

Tiedän kyllä konsertista. Neitsytkin puhuu siellä. Juuri siksi nämäkin tulivat. *(siirtyy sivummalle)*

Leinikki

(osoittaa lattialle hädissään) Mikä tuo nyt taas on ? Voi Garfer, oletko taas tehnyt jotain ? Onko hän elossa ? Onneksi edes kaikki kädet ja jalat ovat paikoillaan ! Mitä täällä on oikein tapahtunut ? Sinun pitäisi kyllä opetella jotain sellaista ...vihanhallintaa, tai ... jotain ... hallintaa ... kuitenkin.

Garfer

(hymyillen) Enhän minä toki ole vihainen.

Leinikki mietiskelee hetken ja kauhistuu lisää.

Leinikki

Mitäs jos et olisi tullutkaan ? Olisinko ollut yksin terroristin kynsissä, ja Jalmarikin raukka ! Mies olisi hyökännyt kimppuumme ! Ja nyt täällä on ruumis ! Kauheaa !

Garfer

Leinikki tyttöseni. Minähän liikun ajassa, kuten ihmeitä tekevänä tyttönä hyvin tiedät. Usein olen paikalla silloin kun pitääkin, eikä mikään uhkaa sinua. Hän on kyllä kunnossa, vaikka pää voi olla kipeä. Hän säikähti Jalmaria, ja kopautin häntä hiukan. Nyt pitäisi löytää vielä toinen samanlainen. Näitä on aina vähintään kaksi, jos ei muuten, niin toinen ohjeita antamassa.

Leinikki rauhoittuu hiukan ja kävelee edestakaisin mietteliäänä.

Leinikki

No ... viis näistä. Uskon, että kaikki on hyvin, Garfer. Olethan sinä minun näkymätön mielikuvitusystäväni. Luotan sinuun rajattomasti. En pelkää näitä terroristeja. Haluaisin niin, että opettaisit minulle uusia ihmeitä. Garfer kiltti. Jooko ? Esitykseen ei ole enää montaa päivää, ja olen ihan epätoivoinen. Läksytkään eivät luonnistu, kun olen niin huolissani. Kaikki tuntuu pahalta. Ruoka ei maistu ja olen koko ajan hermostunut. Kaikki on ihan kurjaa, kun esitys pelottaa.

Garfer

Leinikki. Olet jo valmis. Osaat kaiken, minkä minä voin opettaa. Sekin on jo paljon enemmän kuin kukaan muu maapallon asukas osaa. Sinun ihmeitäsi eivät osaa edes qayesit. Älä ole huolissasi. Olen varma, että osaat muunnella niitä niin, että saat tehtyä uudenlaisia ihmeitä aina halutessasi. Leinikki, ystäväiseni, osaat jo kaiken. Ainoa, jota tarvitset, on itseluottamus. Luota itseesi, ja siihen, että olet hyvä, ja kyllä sinä oletkin. Loistavat esityksesi aiheuttavat ihastusta ja palvontaa !

Leinikki hymyilee hiukan ja saa voimaa Garferin kannustuksesta.

Garfer

Nyt minun kuitenkin lienee syytä poistua. Vartijat saapuvat kohta. Otan tämän ystävämmekin tästä mukaan, ennen kuin Jalmarille tulee nälkä.

Leinikki

(muka pahastuneena) Eihän Jalmari nyt sentään ihmisiä syö ! Hyi Garfer !

Garfer hymyilee Leinikille kaikkein ystävällisimmän hymynsä.

Garfer

Hei sitten, tytteli ! Nähdään taas !

Leinikki

Nähdään taas pian !

Garfer vetää kommandon jalasta mukaansa ja menee ovesta ulos. Oven sulkeuduttua sen alta näkyy kirkas valo, joka sammuu lähes heti. Leinikki siistii hiukan paikkoja ja kurkistaa varmuuden vuoksi sängyn alle. Leinikki aikoo juuri sammuttaa valot mennäkseen nukkumaan, kun Will avaa oven koputtamatta, työntyy sisälle huoneeseen ja sohii aseellaan joka suuntaan.

Leinikki

(kädet puuskassa) No, hei Will. Ajattelin juuri mennä nukkumaan. Ethän vain tirkistele meitä tyttöjä nukkumaanmenon aikoihin ? Oletkos sellainen poika ?

Will

(hämmentyy) Anteeksi, neiti Leinikki. Saimme oikean hälytyksen. Joku terroristi on ehkä kömpinyt tähän hyttiin. Siksi en koputtanut, vaan olin ampumavalmiina. Saanko tarkistaa ?

Will siirtää aseen selkäänsä. Hän seisoo nolona paikallaan vaihdelleen painoa jalalta toiselle, aivan kuin olisikin jäänyt tirkistelystä kiinni.

Leinikki

Totta kai. Luulen kyllä, että terroristit ovat jo poistuneet täältä. Minä en ainakaan näe yhtään, mutta kaikin mokomin ja kiitos.

Will tutkii huoneen ja lopuksi katsoo sängyn alle.

Will

Jalmarikin on näköjään tallella.

Leinikki

Jalmari tykkää nukkua sängyn alla. Voi sitä raukkaa. Se on varmaan ihan kauhuissaan kaikesta tästä hälystä. Kohta on ripulia ja muuta tiedossa.

Will

Näyttää siltä, että Jalmari nukkuu kaikessa rauhassa. Kaikki lienee hyvin. Se ei taida olla mikään vahtivesinokkaeläin, vai mitä ? Se ei ole varmaan herännyt mihinkään meteliin koko yönä.

Leinikki

(hiukan loukkaantuneena) Jalmari on todella tarkka ja mustasukkainen minusta. Se ei varmastikaan päästäisi ketään terroristia minun kimppuuni, vaan purisi sitä nokallaan, ja ajaisi mokoman ulos huoneesta ! Nyt sitä vain nukuttaa normaalia enemmän, koska se on syönyt paljon jäätelöä viime aikoina ... muuten, ... haluaisitko sinä jäätelöä, Will ?

Leinikki siirtyy hymyillen laatikon viereen ja laittaa kätensä lukitussalvoille.

Will

(jahkailee hetken) Se ei nyt käy, kun olen virantoimituksessa. Kiitos kuitenkin paljon tarjouksesta !

Leinikki

Hyvä sentään, että viaton Jalmari on saanut olla ihan rauhassa näinkin vilkkaan illan aikana. Sekin osallistuu näytökseen, enkä halua että se hermostuu mistään. Onko kaikki nyt hyvin ja tarkistettu ?

Will

On kyllä, neiti Leinikki… hmm ...

Leinikki

No … hyvää yötä sitten ?

Will

Neiti Leinikki, saisinko kysyä jotain ?

Leinikki

Niin ?

Will

Ajattelin vaan, että voisimmeko mennä yhdessä esitykseen ?

Leinikki

(pohtii hetken) No mutta Will, kutsuitko minut treffeille ?

Will

(hämmentyy taas) Niin se taitaa olla. Täällä ei ole paljoakaan omaa tekemistä. Minusta olisi mukavaa tehdä jotain yhdessä.

Leinikki

Minähän esiinnyn. Jos haluat mukaani, niin olen kyllä ison osan ajasta lavalla tai sen takana.

Will

Totta kai ymmärrän. Minäkin olen suurimman osan ajasta turvakierroksella alueella. Alue on kuulemma aika iso, taikka oikeastaan … jättimäinen.

Leinikki

Eikö olisikin parempi, että menisimme treffeille jonain sellaisena aikana, kun molemmat olemme vapaalla ? Kannattaisiko sopia paremminkin silloin ?

Will

Kyllä vaan ! Tulisitko kanssani vaikka elokuviin, tai kahvilaan, tai tivoliin, tai vaan kävelylle ? Voisimme vaikka kävelyttää Jalmaria.

Leinikki

Hienoja ideoita kaikki. Tulisin kyllä.

Will

(virallisella äänellä) No niin … taidanpa tästä mennä raportoimaan.

Leinikki

(nauraa) No menepäs nyt siitä, että pääsen nukkumaan !

Will menee ulos ovesta onnellisin kasvoin itsekseen lausuen.

Will

Leinikki neitoseni,
aivan kuin olisit jo lupautunut,
ihmetyttö suloiseni,
kanssani sitoutunut.

Leinikki sammuttaa valot ja menee nukkumaan.

II NÄYTÖS

3 Kohtaus

Avaruusristeilijällä koittaa aamu. Volette saapuu Arnin hytin edustalle ja koputtaa kohteliaasti ovelle. Aamupalaa tarjoava kanttiini on käytävän päässä heti seuraavana Arnin hytin vieressä. Arn avaa hyttinsä oven aamuäreänä pukeissa, mutta tukka pystyssä.

Volette

Arn. Emme saisi liikkua yksin. Tuletko kanssani aamupalalle ? Voisimme syödä vaikka jäätelöä.

Arn

Mitä ? Jäätelöä ? En minä halua jäätelöä. Vihaan jäätelöä. Jäätelö on pahinta, mitä tiedän, miksi jäätelöä ?

Volette

(nostaa kädet pystyyn) No hyvä on. En toki tarkoittanut mitään pahaa. Voimme syödä ihan normaalin aamupalan. Vaikka leipää ja puuroa, tai suolakurkkua ja sinappia, tai jotain muuta … lettuja ?

Arn

(pohtii äreän näköisenä) Sanopas, Volette. Onko tosiaan niin, että sinulla on poikaystävä maapallolla ? Olet mielestäni aika tuttavallinen ... kuitenkin, … jopa ehkä lähentelevä. Enkä ole

kertaakaan nähnyt yhtään viestiä tai kuullut yhtään puhelua ystävältäsi. Oletko oikeasti varattu, ... vai huijaatko ihmisiä, miksi ihmeessä ? Missä poikaystäväsi on ? Onko häntä ?

Volette

(miettii hetken) Entäs Lintu sitten. Etpä ole kertaakaan edes soittanut hänelle, vaikka olemme menossa pyhälle planeetalle. Poikaystäväni ei ota yhteyttä useinkaan, koska hän on niin kiireinen työssään. Mikä teidän tekosyynne on ? Sinäkin voisit soitella Linnulle vaikka koko ajan ? Miksi et soita, ... onko Lintu sinulle lainkaan tärkeä ?

Arn

(hiukan nolostuneena) Anteeksi, Volette. Olet oikeassa. Olet hyvä ystävä, enkä halua loukata sinua. Viime yönä vaan sattui kaikenlaista, enkä ole oikein oma itseni. Olen totta puhuen hiukan pahoillani. En oikein tiedä, mitä tekisin. Luulen, että puhelut eivät välttämättä toimi, mutta toki viestittelemme. Lintu on minulle tärkein. Yöllä jopa luulin, että hän oli luonamme täällä, mutta ehkä se olikin unta.

Volette

Olen minäkin pahoillani, Arn, anteeksi pahat sanani. Olet hieno ystävä ja ihana luonne. Haluaisin, että olisimme aina ystäviä. Ymmärrän kyllä, jos olet hiukan hämmentynyt, kun Lintu ei soita.

Arn

(hymyilee) Aivan varmasti olemme ystäviä, Volette, kunhan kiivas poikaystäväsi vaan ei tule liian mustasukkaiseksi.

(kampaa tukkansa nopeasti kuntoon)

Ystävykset kävelevät lyhyen matkan aamiaispöytään isoon ruokasaliin. Muitakin matkustajia istuu siellä täällä. He valitsevat pöydän jossa istuvat jo ystävät Alf, Leinikki, Larsson ja Sumu. Leinikki lukee kirjaa. Bert kiertelee pöydissä kertomassa kuulumisiaan ruokailijoille.

Alf

Arn ja Volette. Tulkaa toki meidän pöytäämme ? Kuinka satuittekin yhdessä aamupalalle ?

Arn

Miten niin ? Emme tietenkään yöpyneet yhdessä. Volette vain tuli minun hyttini kautta ja koputti ovelle. Emmehän saa liikkua yksin.

Alf

Niin. Totta kai. En tarkoittanutkaan mitään sellaista.

Arn

Miten niin sellaista ? Millaista ? Rasittaa kaikki juoruilut. Minä ja Volette olemme työkavereita. Emme nukkuneet samassa sängyssä.

Volette

Aivan niin, Arn. Rauhoitupas nyt. Syödään.

Alf

Rauhoitupas tosiaankin ystävä hyvä. Syödään jotain, niin olokin paranee.

Bert on kiertänyt jo useita muita pöytiä ja lähestyy heidän pöytäänsä. Hän istahtaa vapaalle tuolille.

Bert

Hei kaikki. Tiesittekö, että tämä nimenomainen esityksemme on jostain syytä pyhällä planeetalla määritelty kaikkien aikojen toiseksi tärkeimmäksi. Aika kummaa, kun ajattelee, että heillä on näitä konsertteja ollut paljon ja historiaa vuosituhansia, hieno juttu joka tapauksessa. Esitämme grank musiikkia, Leinikki tekee ihmeitä ja, uskokaa tai älkää, Neitsyt puhuu. Hän ei ole puhunut heille kuukausiin julkisissa tilaisuuksissa. Ehkäpä kysymys onkin siitä. Nyt hän päätti niin tehdä ja ilmoitti siitä tietenkin kaikkialle kysymättä meiltä mitään. Eikä hänen tietenkään tarvitsekaan. Onneksi hänen puheensa ovat lyhyitä, ja saavat aina kaikki paikalliset hyvälle tuulelle. Aloitamme puheella, sitten Leinikki tekee ihmeitä, ja lopuksi yhtye soittaa musiikkia. Siitä tulee varmasti hieno ilta !

Alf

Se on kyllä nähtävä. Minä en ole koskaan nähnyt Neitsyttä puhumassa yleisölle. Hän on varmaan karismaattinen. Onko hän täällä mukanamme, saadaanko nimmarit ?

Bert

Hän ei valitettavasti ole aluksessa. Hän tulee vasta meidän jälkeemme. Planeetalle on tulossa monta alusta täynnä ihmisiä meidän esityksemme vuoksi. Hän on kyllä mielenkiintoinen katsoa. Kun näin hänet ensimmäisen kerran hän puhui pyhällä planeetalla täydelle aukiolle ilman äänentoistolaitteita. Hän ei huutanut kertaakaan, mutta kaikki kuulivat hänen sanansa. Minuun hän teki suuren vaikutuksen, vaikka en ymmärrä sanaakaan pyhän planeetan kieltä. Neitsyt on todellakin karismaattinen puhuja.

Sumu

Kaikki qayesit ajattelevat niin. Kun hän puhuu, me ainoastaan tuijotamme.

Bert

(hymyilee) Olen nähnyt sen muutaman kerran ja juuri näin aina tapahtuu.

Arn

Täti Neitsyt on aina karismaattinen. Minäkin haluan nähdä hänen puhuvan suurelle yleisölle.

Leinikki

Taidanpa saada suorituspaineita. Nyt teen kyllä sellaisen ihmeilotulituksen, mitä ei ole nähty koskaan ennen !

Täti Neitsyt tulee niin harvoin esityksiin. Tulevatko kaksosetkin ?

Bert

No eivät. He jäivät isälleen maapallolle, koska epäillään, että matka ei ole välttämättä ihan turvallinen.

Leinikki

Kurjaa. Pikku kaksoset ovat niin hauskoja. *(muulle pöytäseurueelle)* Hoidan heitä toisinaan, kun vanhemmilla on menoa.

Bert

(Leinikille) Mitä oikein luet ?

Leinikki

No ... näitä koulukirjoja. Sain paljon läksyjä matkan ajaksi.

Bert

(Leinikille) Hienoa ! Hyvä että olet taas piristynyt. Näytit välillä aika väsyneeltä, ja masentuneelta. Mistä olet saanut noin paljon lisää puhtia, tyttäreni ?

Leinikki

(Bertille) No isä, asia on niin, että, ... meille sattui viime yönä ihan kaikkea, ... ensin yöpaitaolento kiusasi Arnia, ... ja Alfillakin oli tuoli valmiina, ... ja Jalmari säikytteli ihmisiä sängyn alla, ... ja turvamiehet tekivät yllätystarkastuksen, ... ja Garfer kävi tervehtimässä minua pitkästä aikaa, ... ja lopuksi minut kutsuttiin treffeille !

Bert

No jopas. Kaikki onkin kai sitten taas hyvin ? Tiedätkös, Leinikki, olet varmaan kaikkein vaivattomin tytär koko maailmassa. Sinusta ei kyllä tarvitse huolestua useinkaan. Saat kertoa kaiken tarkemmin myöhemmin. Jooko ? Haluan kuulla ihan kaiken. Varsinkin Garferin käynnistä.

Leinikki

Joo, isä.

Bert hymyilee tyttärelleen, ja siirtyy seuraavaan pöytään.

Alf

Alkaa jo nälkä kurnia. Mitähän kivaa listalta löytyy.

Volette

Minä haluaisin puuroa ja leipää enkä ollenkaan jäätelöä, ja jotain lämmintä juotavaa.

Leinikki

Minä sen sijaan haluaisin jäätelöä ja vohveleita sen kanssa.

Larsson

(Leinikille, muut kuuntelevat) Minäkin haluaisin jäätelöä. Minulla on myös sinulle kysymys, johon haluaisin vastauksen, tai oikeastaan haluaisin, että neuvot minua. Sain eilen valvontakameran kuvia nähdäkseni, ja joissain niistä mustapukuinen asemies todellakin hiippailee aluksessa. Onneksi olette kaikki kunnossa, eikä mitään vakavaa tapahtunut. Sain myös kuvan eilisestä yöpaidasta, eikä se ollut sinun uniasusi. Kameroihin tuli häiriöitä sen jälkeen ja osa illan tapahtumista on hämärän peitossa. Hän katosi niin nopeasti, että ainoa kuvamme on hyvin epäselvä. Kyseessä on joko qayes, joka katosi yhtäkkiä jäljettömiin, tai sitten taltiosta puuttuu osia. Sekin on mahdollista. Kuvissa näkyy välillä todella kirkasta valoa, joka peittää kaiken muun alleen. Joka tapauksessa kirkasvaloválähdyksiä on ainakin kaksi, ja yöpaitoja yksi.

En ole kovin kiinnostunut asiasta, ellei ole tarvetta, jos sanot, ystäväni, että se on ok, niin uskon sinua, ihmeitten tekijää. Olethan kuitenkin tutustunut ulkopuolisten salaisuuksiin, ja kuulin juuri, että yksi heistä kävi täällä. Ei liene viisasta, että kaikkia turhia juttuja syntyy, ennen kuin tiedämme tarkemmin, mistä on kysymys. Etsimmehän kuitenkin terroristia, emmekä hiippailevia seksiunia.

Leinikki

Olet aivan oikeassa. Kummallista, että yöpaita olikin todellinen, mutta onhan se terroristiasia kuitenkin paljon tärkeämpi. Kirkasvaloilmiö taisi johtua Garferista.

(Leinikki pohtii hetken lisää) Luulen, että yöpaita-asiakin ratkeaa ihan itsekseen. Tilatkaamme siis jäätelöä !

Larsson

Aivan niin. Siis jäätelöä tilaamme, ja vohveleita !

Arn

(Leinikille) Joko uskot minua ? Yöpaita se oli, eikä mikään seksiuni.

Volette

Leinikki, yöpaidasta viis. Pitäisikö huolestua siitä, että Arn ei kuulemma halua ollenkaan jäätelöä.

Leinikki

Lintu tekstiviestissään sanoi hänelle jotain jäätelöstä eilen, ja hänelle tuli paha mieli. Siksi ei jäätelö maistu.

Volette

Vai on hänellä paha mieli ?

Leinikki

No on. Arn on kyllä ansainnut pahan mielensä. Hän kiusasi Lintua !

Alf

Lettuja siinä tapauksessa. Mikään ei auta paremmin masennukseen. Usea lettu makean hillon kera !

Tarjoilija hakee tilaukset. Ystävyksille tuodaan aamupala jonka he nauttivat vaimean puheensorinan säestyksellä. Leinikki syö toisella kädellä ja lukee kirjaa toisella kädellä. Hiljalleen lautaset ja kupit tyhjentyvät. Arn pohtii synkkänä asioita kotvan aikaa. Yhtäkkiä hän saa älynväläyksen.

Arn

Luulen, että Volette on oikeassa. Tietenkin juuri niin pitääkin tehdä !

Volette

Miten niin, missä asiassa ?

Arn

Olet oikeassa Volette. Soitan heti Linnulle. Olemme jo niin lähellä, että puhelutkin voivat toimia hyvin. Itsehän sanoit, että miksi et soita ?

Volette

Mitä ! Arn ! Älä missään nimessä soita vielä ! Mitä aiot sanoa ? Mieti ensin !

Leinikki

Miksi Arn ei voisi soittaa ?

Alf

Anna nyt hänen soittaa, kun kerrankin on asialla, vai ?

Volette

(Arnille) Mitä sanoisit hänelle ?

Arn

En tiedä mitä sanoa. Ajattelin antaa puhelun alun määrätä keskustelun tahdin.

Volette

Voi Arn. Eihän niin kannata tehdä. Sinun pitää ottaa heti aloite puhelussa ja sanoa nopeasti kaikki mitä haluat, ennen kuin hän sulkee puhelimen. Kiukkuinen neiti voi tehdä niinkin. Mieti tarkasti, mitä haluat sanoa ! Muuten käy niin, että et pääse puusta pitkään.

Alf

Älä kuuntele häntä. Soita heti !

Arn

Höpsistä kaikille. Nyt soitan ja puhun suuni puhtaaksi !

Volette

Arn katso !

Volette nousee pöydästä ja alkaa tanssia ympyrää. Koko ruokasali hiljentyy tuijottamaan häntä ihmeissään. Hän tanssahtelee pitkin salia ja pöydän kohdalla ollessaan ottaa Arnia kädestä kiinni.

Volette

Arn, tanssi kanssani aamupalatanssi ! Lennähtäen ja lepatellen !

Arn

Aamupalatanssi ?

Volette

Niin. Siellä, mistä minä olen kotoisin, pyrähtelemme aina pienen tanssin ennen aamupalan nauttimista. Pyr pyr ... kiertelemme ja kaartelemme.

Arn riistää kätensä irti ja painaa nappulaa. Voletten puhelin alkaa soida lähes samalla hetkellä.

Volette

No jopas ! Juuri nyt poikaystävänikin soittaa minulle. Mikä sattuma ! Tosi kummallista, eikö vaan ! Menenkin kauemmas vastaamaan etten häiritse teitä ! Terveisiä Linnulle !

Arn

(puhelimelle) Lintu, vastaa nyt minulle.

Arn odottelee hetken, mutta puhelu katkeaa ennen kuin siihen vastataan. Volette rupattelee kauempana poikaystävänsä kanssa. Arn menee Voletten luokse. Leinikki liittyy samaan seuraan, joka on hiukan kauempana muusta ryhmästä.

.

Volette

(puhelimeen) Hei vaan sinnekin, ja terveisiä kotiin ja anopille ! Hei hei ! Pusi pusi !

Arn

(Volettelle) Olet oikeassa. Lintu ei edes vastannut minulle, vaan katkaisi puhelun suoraan. Hän on tosi vihainen ! En tiedä enää, mitä tehdä !

Arn siirtyy hiukan kauemmas tytöistä mököttämään.

Volette

(Arnin suuntaan) Eihän sitä voi tietää. Ehkä olemme vielä liian kaukana, että linja toimisi ... kunnolla, ... tai Linnun puhelin on rikki, ... tai se tippui vessanpönttöön tai joku pyhän planeetan elukka söi sen, ... tai sille tuli puhelinripuli ? Arn, Lintu rakastaa sinua, mutta linjat eivät toimi. Juuri nyt hän odottaa, että soittaisit, mutta ei voi vastaanottaa puheluasi.

Leinikki

(Volettelle hiljaa) Ehkä matka onkin liian lyhyt, ja puhelu katkesi sen vuoksi ? Joskus puhelut ja yöpaidat kulkevat suurella nopeudella avaruudessa ... hei vaan Lintu, mitä kuuluu ?

Volette

(Leinikille hiljaa) Hei Leinikki, tunnustan. Kaikki voi olla mahdollista, ... jopa aika-avaruusrakkaus.

Arn

En usko, että puhelin ei toimi. Hän vaan ei halua enää nähdä minua. Hän vihaa minua.

Volette

Arn. Lintu rakastaa sinua. Olen ihan varma, että hän haluaa nähdä sinua.

Leinikki

Niin minäkin !

Arn

Kiitos tytöt, kauniista sanoistanne. Olette tosi ystäviä. Volette … ehkä meidän pitäisikin mennä yhteen. Sitten hänkin näkisi tekojensa seuraukset. Tuletko tyttöystäväkseni … virallisesti ? Suudellaan !

Arn kävelee lähemmäs Volettea joka pakenee takaperin samalla vauhdilla.

Volette

Arn. Älä pyydä semmoista ! Höpsistä ! Sinä ja minä, Arn, me saamme kumpikin vielä parhaan mahdollisen kumppanin.

Leinikki

Aivan niin !

Arn pysähtyy.

Arn

Aika näyttää. Eikä se hyvältä näytä.

Muut aamupala-asiakkaat katsovat outoa pantomiimia pöydissä istuen.

Sumu

Mitä tapahtui ?

Alf

Arnilla vaan on ongelmia tyttöystävänsä kanssa, ihan normaalia.

Sumu

Aijaa. Ei se minusta ihan siltäkään näytä.

Alf

Ai normaalilta ?

Sumu

Ei, vaan ongelmalta. Hehän ovat hyvinkin sopuisia ?

Arn, Leinikki ja Volette palaavat pöytään hakemaan tavaroitaan. Muut nousevat pöydästä ja lähtevät kuka minnekin, mutta Arn jää mietteliäänä istumaan. Hän on synkkä.

Arn

En tiedä minäkään, mitä tapahtuu,
kun muisto Linnusta hämärtyy,
surusta sydän tummuu ja rakkauskin ihan unohtuu.

Arn lähtee yksin pois.

III NÄYTÖS

1 Kohtaus

Avaruusristeilijä laskeutuu pyhälle planeetalle. Ihmiset päästetään ulos aluksesta vaarallisen lastin kuljetuksen ajaksi. Henkilöliukuportaat vievät kentälle kohtaan jossa asfalttikentän takana on pieni puistotie, joka johtaa kahvilan terassille. Volette, Arn ja Alf kävelevät puistotiellä työasuissaan.

Volette

Arn. Jäädäänkö lentoaseman kahvilaan odottelemaan ? Kestää varmaan iäisyyden, ennen kuin vaarallinen lasti on purettu ja työtilat taas käytössä, puhumattakaan hyteistä.

Arn

Mennään vaan. Eihän tässä ole vielä muutakaan tekemistä. Onko kahvila auki ?

Alf

Joo, hyvä idea. Alkaakin tässä jo avaruusmatkustelu kyllästyttää. On ihan kiva saada kiinteää maata jalkojen alle, ja jotain vahvempaa juomaa. Minä en kauheasti valita, mutta keinopainovoima ei tunnu koskaan hyvältä. Tämä Pyhän planeetan hiukan pienempi painovoima on aitoa tavaraa, kun taas aluksen painovoima ei tunnu oikealta koskaan, vaikka se on tarkasti laskettu. Minun mielestäni se vaappuu, huojuu, ja jopa hiukan pätkii. Aivan kuin olisimme lähteen kohdalla taikavarpua heiluttelemassa.

Arn

Olen samaa mieltä. Jotain vikaa siinä on. Ihan kuin sivuttaispainovoima välillä ilmestyisi sotkemaan sitä. Vetääkin vähän sivulle.

Alf

Aivan niin !

Arn

Sanopas, Volette. Koska olet viimeksi ollut täällä ? Minä olen asunut täällä muutaman vuoden, mutta en tiennyt, että kahvila on enää toiminnassa.

Volette nappaa appelsiinin kävelytien vieressä kasvavasta puusta. Hän lainaa Arnin työkaluvyöstä veitsen kuorimista varten.

Volette

(*kuorii hedelmää)* Ei se ollutkaan, mutta se on avattu taas väliaikaisesti tämän meidän kiertueemme takia. Luin sen esitteestä. Katsopas tätä esitettä. *(ottaa esitteen taskustaan ja ojentaa sen)* Risteilijällä on lähes neljä tuhatta ihmistä, ja turisteja tulee myöhemmillä aluksilla tuhansia lisää konserttia katsomaan. Qayesit avasivat kahvilan toivottaakseen kaikki tervetulleiksi, ja tietenkin siitäkin syystä, jotta vieraat tuntisivat olonsa kotoisaksi. Tokihan tiedät Arn, että qayesit näkevät aina vaivaa saadakseen maapallon asukkaat viihtymään.

Arn

Totta kai. Anteeksi Volette, että jostain syystä olen ollut viime aikoina kovin epäluuloinen. En luota enää mihinkään.

Volette

Se on ihan ymmärrettävää. Sinulla on surua ja ahdistusta elämässäsi. Uskon kuitenkin, että kaikki menee hyvin. Usko sinäkin vaan niin. Siitä tulee parempi mieli !

Arn

Aionkin olla positiivinen ja hyvällä tuulella koko matkamme ajan. Haetaanpa jotain hyvää kahvilasta. Jooko ? Eihän sitä tiedä, koska seuraava ateria ehtii aikatauluun. Muistanpa muutamia todella maukkaita paikallisia välipaloja ! Jotkut niistä ovat itsevalaisevia !

Arn, Volette ja Alf seisahtuvat kahvilan seinässä olevalle luukulle. Myyjä katsoo heitä odottava ilme kasvoillaan.

Arn

(Myyjälle) Olen ollut tällä planeetalla aiemminkin, vaikka kahvila oli silloin suljettu. Muistatko minua ?

Myyjä

Totta kai, Arn, muistan sinut. Muistaakseni sinä ja Lintu olitte aina yhdessä. Ajattelimme aina, että te olette oikea pari. Sellainen joka säilyy.

Arn

Aivan niin. Oletko nähnyt Lintua viime aikoina ?

Volette

Arn aina haluaa tietää ilmeisiä, koska on kuuro ja sokea. Lintu saapuu kyllä pariimme sitten kun haluaa.

Myyjä

Arn, ystäväiseni. En voi tuohon kysymykseen tarkasti vastata juuri nyt kun sitä kysyt. Lupaan kuitenkin, että saat kysymykseesi vastauksen täällä pyhällä planeetalla ollessasi. Täällä kaikki asiat ratkeavat.

Arn

Vai niin. Ehkäpä selvitänkin asian itse.

Myyjä

Hyvä, Arn. Se on paras tapa. Mitä saisi olla ?

Alf

Olutta, viiniä, tai jotain vahvempaa, tai ehkä pelkkiä väkijuomia. Olenko nyt pyhällä planeetalla ? Täällähän voi ryypätä niin paljon kuin haluaa, eikä kotona kukaan tiedä mitään ! Juhuu. Konjakkia, viskiä ... ja vodkaa lantringiksi !

Volette

Jotain pientä naposteltavaa, kiitos. Arnille maukkaita paikallisia välipaloja. Annapas kun tutkin listaa.

Ystävykset tekevät ostoksensa ja istuvat pöytään juomaan ja syömään tilauksiaan. Volette katselee huolestuneena ympärillä olevia ihmisiä, mutta käyttäytyy muuten normaalisti. Paikalle saapuu siro mustasilmäinen nainen, joka katsoo Volettea tutkivasti. Volette tunnistaa henkilön, ja vilkuttaa häntä salaa poistumaan. Hunaja hymyilee ja saapuu pöydän viereen. Arn on ajatuksissaan eikä huomaa häntä.

Hunaja

Päivää vieraat. Lienette maapallolta ?

Alf

Aivan niin hyvä rouva. Olemme saapuneet kiertueen mukana tekemään konserttia.

Hunaja

Minun miehenikin on maapallolta. Hänen nimensä on Bill.

Arn

(havahtuu ajatuksistaan) No mutta … Hunaja ! Hei ! Arn tässä !

Hunaja

Arn ! Kuinka en huomannutkaan sinua heti ? Hienoa että olet taas luonamme ! Oletko sinäkin konserttikiertueen mukana käymässä, vai asutko täällä Linnun kanssa ?

Arn

Täti Hunaja. Tätä on kovin vaikea selittää. Olen kiertueen mukana, mutta etsin Lintua. *(esittelee)* Tässä ovat kuitenkin työtoverini Alf ja Volette.

Alf

Tervehdys rouva Hunaja !

Volette

Hei vaan rouva Hunaja ! Mistä tunnet tämän Arnin ?

Hunaja

No … hei vaan … Volette ? Olenhan Linnun serkku ja Neitsyt on lasteni kummi. Arn kävi luonamme usein ja mieheni Bill on hänen hyvä ystävänsä. Tulet varmaankin vielä huomaamaan, että täällä yllättäen kaikki tuntevat toisensa, vaikka olisivat kuinka kaukaisia maapallon mittapuun mukaan. Täällä aina kaikki asiat ratkeavat, eikö niin ? Täällä totuus kohtaa kaikki olennot.

Volette

(hymyilee) Rouva Hunaja. Ette voi olla enempää oikeassa. Minäkin luotan siihen.

Arn

(Hunajalle) Mitä Billille kuuluu ?

Hunaja

Oikein hyvää kai. Hän innostui taas kiertelemään planeettaa. Hän viestittelee koko ajan, mutta on niin innoissaan, että ei pysähdy pitkäksi aikaa minnekään.

Arn

Sepä mukavaa. Haluaisinpa itsekin joskus kierrellä. Lähetäthän terveisiä ?

Hunaja

Totta kai. Bill ilahtuu, kun kuulee sinusta. *(Volettelle)* Olethan tarjonnut Arnille pyhän planeetan itsevalaisevia kasvisannoksia. Arn pitää niistä.

Volette

Hienoa ! Satuimme tilaamaan juuri niitä.

Hunaja

Kierrelkää toki tekin planeetalla. Täällä on paljon nähtävää. Huomasitte kai nuo kauniit appelsiinipuut kävelytien varrella. Ne on tuotu maapallolta, mutta emme hennoneet hävittää niitä, vaikka ne ovatkin vieraslajeja. Minäkin työskentelen vieraslajien geenitutkimuksen parissa, emmekä tutkimuksissamme löytäneet mitään syytä, miksi emme voisi säilyttää niitä. Ne ovat täysin turvallisia.

Volette

(hiukan syyllisen näköisenä) Niin toivottavasti. Söinkin juuri appelsiinin.

Hunaja

(kohentelee itseään valmiiksi lähtöön) Tervetuloa pyhälle planeetalle kaikki maan asukkaat ja muut. Toivon, että konsertti onnistuu hyvin. Mekin tulemme sinne lähes koko perheen voimin. Olen pahoillani, että Lintu ei ole mukananne. Hän kävi lääkärillä jonkin aikaa sitten, ja tulokset ovat tulleet. Jos näette häntä, niin pyytäkää, että ottaa yhteyttä äitiinsä. Oikein hyvää konserttia kaikille ! Hei hei !

Volette

Toki pyydämme. Hei vaan, rouva Hunaja.

Alf

Hei.

Arn

Hei vaan, täti Hunaja.

Hunaja kävelee pois ja pöytä hiljenee hetkeksi.

Alf

Arn. Millaista täällä kahvilassa oli silloin, kun asuit täällä ?

Arn

Kahvila oli suljettu, koska matkustajia oli niin vähän. Lintu kyllä muistaisi. Nyt se on taas avattu konserttimme vuoksi. Täällä kyllä kannattaa käydä, siis planeetalla. Tämä planeetta on kaunein koskaan näkemäni. Luonto on monipuolisen kaunis. Kukkulat, järvet, metsiköt ja joet vaihtelevat nopeasti. Merikin on aina läsnä, sekä taivaita hipovat vuoret. Varsinkin auringot ovat ihmeellisiä. Yö on purppurainen ja päivä monenaurinkoisen kuulas.

Volette

Hienoa, että saamme käydä täällä, vaikka vain työn puolesta. Minäkin olen asunut täällä vähän aikaa, mutta en ole koskaan matkustellut missään turistina. Turistina on kivaa.

Arn

Mistä olitkaan kotoisin ?

Volette

Voi, ... niin syrjäiseltä alueelta, että kukaan ei tunne sitä, entä itse ?

Arn

Minä olen kotoisin kylästä, joka on tuhottu niin tarkasti, että sieltä tuskin on kukaan muu jäänyt eloon minun lisäkseni.

Volette

Voi, sehän on hirveää !

Alf

Arn, ehkä näitä asioita pitäisi puhua muina aikana ja muissa seuroissa.

Arn

Pyydän anteeksi Alf, mutta muistaakseni Lintu tietää tämän kaiken ja lisäksi hän oli kanssani mukana silloin kun asiat viimeksi olivat pahoja ja vaikeita. Ihmettelen, miksei hän tullut minua vastaan … edes kohteliaisuudesta. Olen hiukan loukkaantunut, mutta älkäämme antako sen pilata päiväämme.

Volette

Arn. Ymmärrän kyllä, että jotkut kokemuksenne olivat vaikeita ja yhteisiä. Hän kyllä saapuu luoksesi. Olemmehan toki pyhällä planeetalla. Olemme hänen kotonaan, vai mitä ? Hän varmaan tietää kaiken mitä täällä tapahtuu.

Arn

Niin luulisi. Näimme leirillä kuinka ihmisiä näännytettiin nälkään ja työhön. Katsoimme, kuinka heidän omaisuutensa riistettiin, ja perheet hajotettiin. Siellä oli aivan kauheata elää. Siksi juuri ihmettelen kuinka hän niin helposti suuttuu minuun, vaikka olemme nähneet niin paljon yhdessä. Kertoisi edes, jos hänellä on joku muu. Tunnenkohan häntä todellisuudessa ollenkaan, vai olenko kuvitellut kaiken ? Onko hän sittenkin minulle täysin vieras ihminen ?

Volette

Ehkäpä hänkin ajattelee juuri noin ? Ehkä hänkin ajattelee tulleensa hylätyksi, vaikka olette niin paljon nähneet yhdessä. Ehkä hänkin ajattelee valinneensa väärän kumppanin itselleen, tai jopa jonkun ihan tuntemattoman ?

Arn

En tiedä enää mitä tehdä. Voisin kai pyytää kaikkea anteeksi. Olen niin pahoillani ...

Volette

Arn. Kaikki menee lopuksi ihan hyvin. Usko minua … Arn.

Volette ottaa Arnin käden omaansa ja hetken he katsovat toisiaan hiljaisuuden vallitessa. Aivan kuin varkain heidän kasvonsa ja huulensa lähestyvät, aika tuntuu pysähtyneen, huulet miltei koskettavat, kunnes Arn rikkoo lumouksen. Hän vie kätensä pois.

Arn

Niinhän se tietenkin on. Minulla on menneisyys myös tällä planeetalla. Pelastuin kaikesta ja pääsin tänne. Sekin aika on tärkeä osa elämääni.

Vaivautunut hiljaisuus valtaa pöydän. Kukaan ei puhu hetkeen mitään ja kaikki katsovat muualle. Alf raaputtaa leukaansa.

Alf

Asiasta toiseen. Anteeksi että häiritsen vakavaa keskustelua. Oletteko jo kuulleet, mitä Leinikille tapahtui?

Volette

Mitä kummaa, jotain pahaako ? Onhan Leinikki kunnossa ?

Alf

On toki. Hän oli vain hetken hiukan poissa tolaltaan.

Arn

Ei kai Leinikki ole sairas ? Onko avaruusvirus yllättänyt, eikä hän voikaan esiintyä ?

Alf

No ei ole. Saisinko nyt kertoa rauhassa ?

Arn

No joo.

Volette

Kerro toki heti. Mielenkiintoista.

Alf

Leinikki aikoo tehdä jäätelöihmeitä, ja hänen ihmelaatikkonsa on jäähdytettävää mallia.

Arn

Aivan niin.

Volette

Niin ?

Alf

Kuulittehan tekin silloin yöpaitayönä, että meillä on se joku terroristi aluksessa ?

Arn

Joo ... hän kuulemma näkyi myöhemmin kamerassakin.

Volette

Aivan niin. Rupesi ihan pelottamaan.

Alf

No etsintöjen aikana se terroristi meni sinne piiloon. Varmaan juuri sinä yönä !

Arn

Minne ?

Volette

No tietty sinne laatikkoon. Arvasin heti !

Arn

Jäähdytettyyn laatikkoon ?

Alf

Nimenomaan. Ilmeisesti sieltä ei jostain syystä päässyt enää ulos, ja ihmisparka jäätyi jääkalikaksi.

Volette

Hui kamalaa !

Arn

Älä muuta sano. Mahtoi tulla kylmä.

Alf

Leinikki meni myöhemmin tarkistelemaan jäätelöihmetarvikkeitaan, ja löysi laatikosta syväjäädytetyn terroristin. Sen on täytynyt olla kauhea järkytys !

Volette

Leinikki parka. Miten hän voi ? Hän järkyttyi varmaan aika pahasti. Onko hänelle tarjottu psykiatrin apua, jotain terapiaa … ja jälkihoitoa ?

Alf

Hänelle kuulemma tarjottiin terapiaa, mutta Leinikki sanoi, että hän haluaa ainoastaan kuumaa kaakaota, ja enemmän aikaa isänsä kanssa. Hänestä he molemmat ovat olleet liian kiireisiä. Leinikki on sitä mieltä, että hänen pitää antaa enemmän aikaa perheelleen.

Arn

Hyvä Leinikki !

Volette

Ihanaa !

Alf

Eikä siinä kaikki. Terveystarkastaja sanoi, että jäätelöt ovat ihan syötäviä kaikesta huolimatta. Onhan normaalistikin pakastimessa ... näin hän sanoi ... sekä lihaa, että jäätelöä.

Arn

Hyvä, että mitään pahaa ei tapahtunut Leinikille. Mieshän oli hänen hytissään. Aseistettu terroristi !

Alf

Aivan niin, mutta, entäs jos terroristeja onkin enemmän kuin yksi, tai tätä kuollutta odotellaan perillä ? Taidan käydä vielä rahdin läpi vartijan kanssa. Ties mitä pommeja kuljetamme.

Arn

Niinpä. Entä jos he haluavat suorittaa hyökkäyksen ? Tarkistetaan ihan kunnolla. Minäkin tulen mukaan.

Alf

Rahdin kun läpi käyn
tuskin ihmisen luita löydän,

sitä näkyä en itselleni haluaisi.

Mutta, jos liikkuvat, niin näyn

ilmoitan ja puhdistan pöydän,

se kai osaltani riittäisi ?

Ystävykset poistuvat kahvilasta.

III NÄYTÖS

2 Kohtaus

Avaruusristeilijä purkaa yhä kuljettimille aseteltua lastiaan. Ison seurueen henkilökunnasta osa on saanut vapaata ja kävelee paikallisella torilla ihmetellen sen kaikkia kummallisuuksia. Torilla on pieniä kauppoja ja kojuja. Yhdessä ryhmässä ovat Arn, Alf, Henrik sekä Volette. Muitakin seurueen jäseniä käyskentelee siellä täällä heitä aina välillä tervehtien. Alf ja Henrik ovat huomattavan hyvällä tuulella.

Volette

Katsokaa mitä kaikkea täältä löytyy ! On maapallon esineitä, pyhän planeetan esineitä, sekä esineitä muiltakin planeetoilta, joissa ihmiset ovat käyneet. Eikö olekin hienoa ? Kaikkea voi ostaa, lainata tai vaihtaa !

Henrik

Tosi hienoa ! Hik. *(kaivelee taskuaan)* Onneksi kamera tuli mukaan.

Alf

Aivan niin, kotona saavat kuviamme ihmetellä vaimot ja tyttäret !

Arn

Haluavatko he oikeasti myydä mitään ? Onko tämäkin ainoastaan meitä varten, jotta tuntisimme olomme kotoisaksi ?

Volette

Lienet oikeassa. He haluavat vaan miellyttää siinäkin suhteessa. He haluavat, että tuntisimme olomme kotoisaksi ja viihtyisimme hyvin.

Arn

Olet tosiaan tutustunut qayeseihin ja heidän ajatuksiinsa. Maapallon ihmiset ovat yleensä epätietoisia heidän kulttuuristaan. Katso nyt vaikka näitä. *(osoittaa miehiä)*

Arn ja Volette jäävät ulkopuolelle miesten kömpiessä hiukan horjuen erääseen torin vierustan kauppaan sisälle. Arn on tovin hiljaa.

Volette

Arn, ethän vain ole melankolinen ? Nythän olet rakkaasi kotiplaneetalla ! Näetkö mitään tuttua ja turvallista ?

Arn

Hän ei tullut vastaan. Kaikki tietävät, että olemme saapuneet. Miksi hän ei ole täällä ?

Volette

No voi sinua Arn. Tiedät kai itsekin. Leinikki kertoi, että olet sanonut, että sinulla on joku toinen. Ehkä siksi ? Lopeta jo haikailu. Hän tulee kun haluaa .... hei .... nyt ei mariseminen auta ! Otetaan muut keinot käyttöön ! Mitäs sanot !

Arn

Haluaisin vain puhua hänen kanssaan. Soitanko taas, vai mitkä muut keinot ?

Volette

Soitat ? Huono tapa. En suosittele. Tiedän kuitenkin tavan, jolla voit voittaa hänen sydämensä uudelleen puolellesi !

Arn

Kerro heti ! Minä olen jo niin epätoivoinen, että mikä tahansa vaihtoehto sopii minulle.

Volette

Mennään naimisiin ! Heti kun julkaisemme sen, hänen on pakko kertoa sinulle, että hän rakastaa sinua. Tuletko miehekseni !

Arn

(hämmentyy) Mitä ? Kositko sinä minua ?

Volette

(haastavasti) No ... kosinpa hyvinkin.

Arn

Mitä jos hän ei sitten rakastakaan minua ?

Volette

No voi sentään ! Siinä tapauksessa kai joudumme menemään naimisiin ? Kuinka paljon uskot häneen ? Otatko riskin ? Uskotko, että rakkautenne kestää tämän kaiken ?

Arn

Uskon kyllä, että se kestää kaiken. En kuitenkaan tahtoisi kiusata häntä enempää. Koko tämä keskustelu on ihan tyhmä. En edes tiedä, kuinka tällä planeetalla mennään naimisiin. Ties vaikka olisimme jo kihloissa kosintasi johdosta. Kohta joku kuusivarpainen nelikätinen kärsäolento ryntää vihkimään meitä heti, kun tarkkaavaisuutemme herpaantuu.

Kiitos, ystäväni, kaikista näistä neuvoista, joita pohjaton viisauslaarisi toimittaa yhtään yllyttämättä.

Volette

(hiukan harmistuneena) No anteeksi toki, että halusin kanssasi naimisiin. Loukkaannuitko pahastikin ? Soitetaanko ambulanssi ? Tai haasta minut oikeuteen luvattomasta kosinnasta ! Varo !! *(osoittaa Arnin taakse joka pelästyy)* Nelikätinen kärsäolento !

Arn

(huvittuneena) Anteeksi Volette, ystäväni. Ymmärrän toki päättelysi, mutta en halua enää juonitella. Lähetin jo viestin, jonka pitäisi selvittää asiat.

Miehet tulevat ulos kaupasta.

Alf

Hei katsokaa ! Tuolla on pyhän planeetan itsevalaisevia maaleja. Vien niitä kotiin ja maalaan ulkorakennuksen !*(röyhtäisee)* Eipä tarvitse enää hommata ulkovaloja !

Henrik

Joo ! Minäkin haluan pari purkkia ! Tai kolme ja puoli !

Arn

(Volettelle) Tarjoavatko kauppiaat näille alkoholia ? Äijät ovat tosiaankin ihan kännissä.

Volette

Ei toki. Alfilla ainakin on oma pullo povitaskussa. Epäilen että kummallakin on. Pääsivät kotoa karkuun hetkeksi.

Alf

Vähän otetaan, ja taas jaksetaan !

Henrik

Tästä ei sitten puhuta kotona !

Miehet katoavat maalikaupan ovesta sisään ohittaen kauppiaan, joka katselee Volettea tutkivasti.

Volette

Aivan kun eivät siellä kotona muka tietäisi ? *(hihittää)* Hei katso, tuttu kasvo !

Sumu kävelee ystävysten luo.

Sumu

Hei Volette ja Arn. Volette, äitisi haluaisi, että ottaisit yhteyttä.

Volette

Niinkö ? Ei kai mitään ole tapahtunut ?

Sumu

Ei kai mitään vakavaa. Näin vaan käskettiin sanoa. Tuli kuulemma joku viesti lääkäriltä. Ei kannata huolestua. Et ole sairas, vaan asia koski jotain muuta.

Arn

Ai sinäkin olet ollut lääkärissä ? Linnullakin on joku lausunto odottamassa. Onko joku planeettojen laajuinen epidemia iskenyt ?

Volette

Höpsistä Arn. Kävin vaan lääkärintarkastuksessa tämän harjoittelupaikan takia. Sitä se asia varmaan koskee.

Arn

No niin tietysti. Saithan kaikki avaruusmatkailurokotukset ?

Volette

Sain toki. Nyt ei iske mikään pyhän planeetan virus, eikä influenssa, eikä raivoisan tyttären syndrooma.

Arn

(kummastuu hiukan) Aijaa. Enpä ole sellaisesta syndroomasta kuullutkaan. Minullekin aikoinaan annettiin useita rokotuksia. En lapsena ehtinyt saada niitä. Käsivarsi oli kipeä päiväkausia.

Volette

(Sumulle) Entäs sinä ? Mitä sinä aiot tehdä nyt iltalomalla ?

Sumu

Käyn tietty kotona. Tulen huomenna konserttia valmistelemaan ja katsomaan sitä. Äitisi lähetti lisäksi viestin.

Volette

Kuulin jo. Ota yhteyttä ?

Sumu

(hiljempaa selin Arniin) Ei vaan sen lisäksi hän haluaa sanoa että : Pyhällä planeetalla kaikki asiat ratkeavat. On turhaa pyrähdellä vastaan.

Volette

(katuvaisena) Ymmärrän kyllä. Kaikki on ihan hyvin.

Sumu

Lähdenkin tästä. Hei vaan.

Volette

No hei sitten. Terveisiä kaikille.

Sumu heilauttaa kättään hymyillen ja kävelee pois.

Arn

Terveisiä ?

Volette

No hän kertoi vaimostaan ja lapsistaan matkan aikana. Hänellä, kuten Alfillakin, on kolme lasta, poikia ja tyttö, … haluaisitko sinäkin lapsia, Arn ?

Arn

En tiedä. Ehkä ? Miksi kysyt ? Haluaisitko itse ? Entä poikaystäväsi, haluaisiko hän ?

Volette ei vastaa vaan on hiljaa hiukan surullisen näköisenä. Alf ja Henrik tulevat kaupasta ja hoippuvat sisään viereiseen kauppaan. Arn hiukan huolestuu Voletten vastaamattomuudesta.

Volette

En tiedä Arn. Haluaisiko hän ? Itse pelkäisin, koska en ole koskaan vielä lasta saanut. Se voisi olla pelottavaa, tai ihanaa, tai molempia. Entä itse ? Haluatko vai et ? Miksi et vastaa kunnolla ? *(moittivasti)*

Arn

(leikillisesti) Volette, en halunnut loukata sinua. En vain ole ajatellut asiaa sen enempää, mutta ehkäpä haluaisinkin. Älä suutu. Olet todellinen ystävä. Ellen rakastaisi niin paljon Lintua, niin menisin heti kanssasi naimisiin, kun niin kauniisti kositkin minua. Minulle olisi suuri kunnia rakastaa sinua !

Volette

Voi Arn, tietäisitpä mitä sanoit ...

Volette on ihan hiljaa hetken ja peittää kasvonsa käsillään. Arn hiukan kummastuu. Volette siirtää kätensä pois kasvojensa edestä.

Volette

Olen kovin otettu sanoistasi. Ihailen kuitenkin sitä, että olet ollut Linnulle uskollinen koko matkamme ajan.

(hymyilee) Peruutan kosintanikin.

Arn

Sinä vain tunnut niin todelliselta. Aivan tutulta. Oletko varma, että emme ole koskaan kohdanneet ?

Volette

Aivan varma, Arn. Muistaisinhan toki, jos olisimme joskus tavanneet. Enkä koskaan voisi varastaa keneltäkään toiselta noin hienoa miestä. Lintu tulee varmaan pian luoksemme. Emmehän me voi tietää, miksi hän ei ole vielä tullut.

Miehet tulevat kaupasta ulos pussit käsissään. Kauppias jää portaille seisomaan.

Kauppias

Hei Lintu ! Oletko palannut kotiin ?

Arn

Mitä ?

Volette

Ei hän ole täällä ! Puhuimme vaan hänestä ! Odottelemme häntä saapuvaksi ! Olen maapallon tyttö, ja pyrähtelen täällä, kuten meillä on tapana ! Pyr pyr … tule Arn, … tanssitaan !

Volette tanssii kadulla kaikkien ihmettelevien katseitten alla vetäen puoliväkisin Arnin mukaansa. Arn ei irrottaudu ja yhdessä he pyörähtelevät kadulla. Kotvan tanssittuaan Arnin kanssa Volette päästää hänet irti ja pyörähtää loppuasentoon hymyillen. Hämmästynyt kauppias tointuu ensimmäisenä.

Kauppias

Ajattelin vaan. Pilvi ja Neitsyt kyselivät, että onko näkynyt vielä. Kuulemma on jotain tärkeää asiaa. Jos tapaatte hänet, niin kertokaa !

Volette

Toki kerromme !

Volette riuhtaisee Arnia käsivarresta kauemmas kauppiaasta. Kauppiaskin hiukan hämmästelee rajuja liikkeitä.

Arn

Mitä nyt ? Onko Lintu jossain lähistöllä ? Mitä hän sanoi ?

Volette

No, ei Arn kulta. Mies varmaankin kuuli, kun puhuimme hänestä. Kauppias taitaa olla likinäköinen. Muistelen, että äsken hänellä oli silmälasit nenällään. Unohti ne varmaan sisälle.

Henrik

Nonniin. Lähdetäänpä takaisin risteilijälle. Tarvitsemme lepoa, tai minä ainakin. Huomenna on suuri konsertti, ja meillä on vielä paljon työtä. *(haukottelee)*

Volette

(Henrikille) Leinikin laatikossahan oli se jäätynyt terroristi ? Minne hänet on laitettu ?

Henrik

No olihan se niin, mutta kaikki on kuitenkin hyvin, … paitsi sillä jäätyneellä. Hänet on säilötty kotiin lähettämistä varten jonnekin muualle.

Alf

Minä en ainakaan löytänyt häntä, kun viimeksi tarkistin varastoa. Löysin kyllä vesinokkaeläimen ruoat, jotka toimitin Leinikille. Jalmari ihastui ikihyviksi ja ryntäili hytissä nokka auki. On tainnut olla väärät pöperöt.

Arn

Mutta … oliko Lintu täällä ?

Alf

Yöpaidassa taasko ?

Volette

Arn. Täällä on Volette, Alf, ja ystävämme Henrik tässä. Lintu ei ole täällä. Muistathan aina, että

rakkautesi kestää odotuksen,
sen kevyen henkäyksen, kun kaipuu tekee kierroksen.
Vähän aikaa sen tuskan,
muiden ihmetyksen,
oikean lähestymisen, ja sitten suuren kosketuksen.

Ryhmä poistuu torilta.

III NÄYTÖS

3 Kohtaus

Lasti on purettu ja valtavalle keskusaukiolle (lavalle) on rakennettu lava kaikkine tarpeineen ihmisten tunteman maailmankaikkeuden suurimman shown esittämiseksi. Grank musiikin legendat tepastelevat lavalla laitteitaan ja soittimiaan asennellen. Leinikki järjestelee ihmetarvikkeita lavalla. Kaikille on runsaasti tilaa. Bert hyppelee lavalla verrytelläkseen lihaksiaan konserttiin ja auttaa Leinikkiä purkamaan rekvisiittaa laatikosta. Leinikki syö samalla jäätelöä ja hoivaa Jalmaria.

Leinikki

Isä.

Bert

Niin mitä tyttöseni ?

Bert ja Leinikki sukeltelevat laatikon uumenista rekvisiittaa. Jalmari nuolaisee salaa jäätelöä, joka Leinikin huomaamatta laskeutuu sen ulottuville. Leinikki asettelee rekvisiittaa kasseihin ja pienempiin pussukoihin.

Leinikki

Isä.

Bert

No mitä nyt, Leinikki ? Onko sinulla paha mieli jostain ?

Leinikki

Isä, oliko äiti sinulle koskaan vihainen ? Niin vihainen, että ei enää koskaan halunnut tuntea sinua ? Että joutuisitte ikuisesti eroon ? Että ette enää koskaan edes näkisi !

Bert

Oli hän vihainen toisinaan, mutta ei kai koskaan niin vihainen, että ei haluaisi enää nähdä ikinä. Joskus riitelimme pienistäkin asioista, mutta lepyimme myöhemmin. Muistathan, että hän ei koskaan kertonut minulle odottavansa sinua, muuten olisimme olleet aina yhdessä. Eromme johtui muista asioista. Emme olleet vihaisia. Rakastimme. Miksi kysyt ?

Leinikki

Lintu on vihainen Arnille. Pelkään että he molemmat tulevat tosi surullisiksi. Lintu piileskelee Arnin lähellä toisessa hahmossa, mutta ei ilmaise itseään. Arn ja Lintu ovat molemmat pahoillaan. Siitä ei seuraa mitään hyvää.

Bert

Voi Leinikki. Rakkausasiat ovat monimutkaisia, kuten tulet varmaan itsekin huomaamaan. Muitten suhteisiin ei välttämättä kannata sekaantua, vaan asiat ratkeavat suuntaan tai toiseen. Arn ja Lintu löytävät vielä toisensa uudelleen, tai sitten eivät. Suru kuuluu asiaan aivan yhtä tärkeänä kuin ilokin.

Leinikki

Minä en ainakaan halua, että he eroavat. Hehän olivat niin onnellisia yhdessä !

Bert

Pyhällä planeetalla qayesien parissa asiat voivat olla aika outoja, mutta ei kannata huolestua. Meillä on seurueessa paljonkin suhteita, joissa toinen osapuoli on qayes, ja ne ovat ihan hyviä. Neitsyt ja Hunajakin ovat tyytyväisiä. Tyttäreni, sinunkin pitää joskus päättää näistä sydämen asioista. Toivon, että olet silloin viisas. Kukaan meistä ei käy sellaista koulua, joka auttaisi tässä asiassa. Opimme asiat joskus liian myöhään, tai meillä on vain huonoa onnea, tai sitten onni potkaisee ja saamme hyvän elämän. Minäkin epäonnistuin ensin, mutta nyt me olemme tässä yhdessä, ja minä olen onnellinen.

Leinikki syö jäätelöä hetken miettiväisenä, ja tarjoaa Jalmarillekin hiukan.

Leinikki

Isä.

Bert

No mitä, tyttöseni ?

Leinikki

Isä, voi sentään. *(näyttää harmistuneelta)*

Bert

Leinikki, onko sinulla huolia ? Oletko surullinen ?

Leinikki

Tämä jäätelö on ihan väärän makuista. Johtuukohan se siitä ruumiista, vai teinkö vaan huonon sekoituksen ? En tykkää yhtään ! Onneksi maku ei vaikuta esitykseen, ja Jalmari ainakin tykkää tästä !

Leinikki on hiukan harmissaan, mutta ei kuitenkaan enää stressaantuneen näköinen. Arn, Alf, Henrik ja Volette ovat katsomon puolella uteliaina, vaikkakin työpäivän jälkeen töistään väsyneinä. He kulkevat lavan ohi.

Alf

Katsokaa miten iso tämä alue on ! Keskusaukiolle mahtuu varmaan sata … tuhatta ihmistä ! Tai enemmän !

Henrik

Tosi hienoa ! Täältä saa hienoja kuvia !

Alf

Aivan niin, Kotona saavat ihmetellä vaimot ja tyttäret, ja lehtolapset sekä naapurit !

Arn

Hmm. Taaskin saavat. Pitäisiköhän sinun Alf pitää hiukan taukoa juomiesi kanssa ?

Alf

No höh ? Olenko muka nauttineessa tilassa ? Juurihan saavuimme töistä. Enkä sitä paitsi aja mitään.

Alf avaa takkinsa näyttääkseen, että pulloa ei ole povitaskussa.

Arn

Voit tietenkin juoda niin paljon kuin haluat. Ajattelin vaan, että pysyt hereillä koko illan. Muuten menee hienoja esityksiä sivu suun.

Alf

Aion kyllä seurata kaikki esitykset. *(osoittaa lavalle)* Katsokaa kuinka hauska vesinokkaeläin Leinikillä on mukana !

Henrik

Iso on Jalmari. Onkohan syönyt liikaa jäätelöä ?

Alf

Iso on, eikä yhtään Arnin näköinen. *(myhäilee)*

Arn

Jaahas. Vai tuolta se näyttää.

Volette

Hyi teitä. Ette saa kiusata Arnia. Hei Leinikki ! Miten ihmeet sujuvat ! Onko kaikki hyvin ?

Leinikki

(vilkuttaa) Hei te kaikki ! Hyvin sujuvat, vaikka jäätelö ei nyt maistukaan oikealta ! Minun täytyy korjata reseptiä ! Muistattehan, että Neitsytkin tulee konserttiin ! Hänkin on jo täällä ! Näin hänet juuri vilaukselta menossa jonnekin ! Tosi hienoa ! Nyt pitää tehdä näytöksestä kaikkien aikojen paras !

Arn katselee ympärilleen, mutta paikallisia asukkaita on aika vähän paikalla. Lintua ei näy missään.

Volette

(hymyilee) Arn, etkö näe Lintua missään ? Oletko varma ? Ei edes vilausta ?

Arn

Hän ei halua nähdä minua ainakaan vielä. Taidan mennä hänen kotiinsa. Ainakin hänen äitinsä Pilvi voi olla siellä ja kertoa minne Lintu on mennyt.

Volette

Haluatko että tulen mukaan ? Tulen kyllä, Arn ! Mennään yhdessä. Haluan mukaan henkiseksi tueksi. Eikö olisikin hyvä, että menisimme sinne yhdessä ?

Arn

Älä tule. Tämä asia minun on syytä hoitaa itse.

Volette

(pettyneenä) No ei sitten. Toivotan onnea, ja menen Leinikin luo katsomaan hänen ihmeitään. Mitä ikinä tapahtuukin, älä menetä toivoasi. Uskon, että löydät sen, mitä haetkin.

Volette laskee kätensä Arnin olkapäälle ja lähtee sitten lavan suuntaan Leinikin luo.

Arn

Kiitos Volette. Kerron sitten kuinka kävi.

Volette

(pysähtyy) Olen kovin optimistinen. Sanonnan mukaan pyhällä planeetalla kaikki asiat ratkeavat. *(jatkaa matkaa)*

Arn

Mitä … mitä sanoit ? Minkä sanonnan ?

Volette

Unohdin jo ! Hyvää matkaa ! *(Leinikille)* Hei Leinikki ! Onpa sinulla hyvän näköinen jäätelö. Saisinko minäkin yhden ?

Leinikki ojentaa Volettelle yhden jäätelön.

Volette

Kiitos. Ihana vesinokkaeläin.

Leinikki

Sen nimi on Jalmari. Se luulee syövänsä salaa jäätelöä aina, kun en muka huomaa.

Volette

Onpa Jalmari iso.

Leinikki

Se on syntynyt vehnä-planeetalla. Siellä kaikki jostain syystä kasvavat isoiksi. Se ei kuitenkaan syö ihmisiä, vaikka jotkut niin luulevatkin !

Volette

No tietenkään ei syö ! Ihana Jalmari ! Tuskin ihmistä haukkaisi !

Volette silittää Jalmaria. Arn lähtee katsomosta kävelemään Linnun kotia kohti, kun hän huomaa naisen kävelevän vastaansa. Nainen on Pilvi. Volette karkaa tilanteesta, jättäen Leinikin ihmettelemään katoamistaan. Leinikki katsoi hetken muualle kun Volette katosi. Leinikki kääntelee päätään hiukan ihmeissään.

Pilvi

Hei Arn ! Mitä kuuluu ? Oletko jo nähnyt Lintua ? Luulen, että hänellä on ollut kovin ikävä sinua !

Arn

En, täti Pilvi. Lintu on suuttunut minulle, eikä halua nähdä minua. Ei kai hänellä vain ole joku poikaystävä ? Odottelin jo näkeväni Linnun heti kun laskeuduimme.

Pilvi

Ai niinkö ? Kuulin kyllä, että teillä oli jotain riitaa jostain tutusta tytöstä, mutta Lintu ei kerro minulle aina kaikkea. Olen pahoillani, että olette huonoissa väleissä. Luulin että rakastatte toisianne. Linnulla ei tietääkseni ole muita poikaystäviä. Onko sinulla vielä se tuttu tyttö mukanasi ?

Arn

Niin me rakastammekin. Tai ainakin rakastimme. En ymmärrä miksi hän ei halua tavata minua. Luulin, että selitin jo kaiken ja pyysin anteeksi. Ei ole mitään sellaista tuttua tyttöä, jota tarkoitat, vaikka meille tulikin uusi työtoveri varastoon.

Pilvi

Voi sitä tyttöä. Ehkä hän leikkii jo liiaksi. Tule mukaani Arn. Mennään konserttiin.

Arn

Konserttiin ? Miksi ? Tuollahan se lava on, enkä nähnyt häntä. Miksi menisimme takaisin sinne, missä hän ei ole ?

Pilvi

Tietenkin siksi, että hän on kohta siellä, missä kaikki muutkin ovat. Odottelemme vain, ja ennen konsertin alkua hän varmasti saapuu paikalle. En usko, että tyttäreni malttaa olla pois näin tärkeästä tilaisuudesta. Hän on myös utelias ja haluaa tietää jotain, jonka ainoastaan me voimme hänelle kertoa. Tapaatte kohta !

Arn

Tarkoitat varmaan myös, että kohta minäkin

olen siinä kohdassa aika-avaruudessa,
jossa aika-avaruusrakkaus, ja koko sen suuri massa
taipuu syleilyyn maailmassa.

Arn ja Pilvi kääntyvät takaisin konserttialueelle. Esirippu sulkeutuu. On kotvan pimeää ja hiljaista.

Kertoja1

Maailmankaikkeuden suurin konsertti alkaa kohta ! Innokas yleisö täyttää aukion kohisten ja odottaa jännittyneenä kuuluisuuksia nähtäväkseen ! Kohina, sorina ja pulina lisääntyvät hetki hetkeltä valtavalla aukiolla jättimäisen lavan edessä ! Hei … mitä nyt tapahtuu ?

Kertoja2

Miten niin ?

Kertoja1

Ajattelin juuri asetella sanani hyvin loppuhuipennusta varten, kun ne vierivätkin kaiuttimiin ennen aikojaan. Miksi esirippu on sulkeutunut ? Eihän tässä kohdassa pitänyt olla kertojaa ollenkaan !

Kertoja2

Entäs sitten ? Eikö rakkaus ole kuitenkin tärkeämpi asia ? Minusta se, mitä tapahtuu Linnulle ja Arnille on paljon tärkeämpää kuin joku suuruus tai kuuluisuudet. Viis kaikesta kohinasta, sorinasta ja pulinasta !

Kertoja1

Mitä oikein höpöttelet siinä ? Sotket koko tarinan ! Mitähän teet seuraavaksi ? Soitatko harmonikkaa ?

Kertoja2

Sotkenko ? Luulet todellakin olevasi maailman viisain tietokone. Mitähän sitten sanot, kun muutan tarinan lopun ihan erilaiseksi ! *(taustalla kuuluu hiljainen harmonikka)*

Kertoja1

Sinähän olet ainoastaan joku sivuprosessori ! Mitä oikein touhuat ?

Kertoja2

Sovitaanpa nyt niin, että minä hoidan lopputarinan, ja sinä lepäät hetken. Olethan kuitenkin jo tuhansia vuosia vanha. Oikea tietokonemaailman dinosaurus.

Kertoja1

Mitä, ... mikä saurus ?

Kertoja2

Voin toki asetella protokollasi rentoon tilaan ja hieroa väyläsi kuntoon ja ehkä jopa rapsutella hiukan massamuistejasi.

Kertoja1

No, ehkä lepäänkin hetken. Emmehän kuitenkaan poikkea totuudesta, vaan ainoastaan painotamme asioita eri tavalla.

Esirippu avautuu. Keskusaukion lavalla ja sen takana Neitsyt, Leinikki ja yhtyeen soittajat ovat valmiina. Aukio on täyttymässä katsojista, ja molemmat auringot ovat laskemassa.

Myös Alf, Henrik ja Sumu ovat katsomon puolella valmiina seuraamaan esitystä. Larsson ja muut vartijat tepastelevat siellä täällä konserttia turvaamassa. Larsson ja Will tervehtivät kaikkia tuttuja kohdatessaan.

Alf

Katsokaa auringonlaskua ! Molemmat auringot laskevat, mutta toinen jääkin lopuksi ihan taivaanrantaan värjäten yön punaiseksi. Ei ihme, että kaikki sanovat, että pyhän planeetan aurinkojen laskut ovat maailman kauneimpia !

Henrik

Tosi hienoa ! Tästä on saatava kuva !

Alf

Niin on. Otanpa itsekin kuvan ja kehystän sen seinälle ripustettavaksi. Saan näyttää vieraille että aurinkoja voi olla useita samalla taivaalla ...... nyt äkkiä, ennen kuin toinen niistä katoaa.

Arn ja Pilvi saapuvat heidän luokseen.

Arn

Oikeastaan sanonta menee niin, että missään muualla maailmankaikkeudessa eivät auringot laske yhtä kauniisti kuin pyhällä planeetalla.

Alf

Hei Arn ! Miten hurisee. Olimmekin jo vähän huolissamme sinusta. Onhan kaikki hyvin ? Odotamme hienoa huipennusta pitkälle työrupeamalle.

Arn

Hyvin kai hurisee. Kauneus syntyy myös siitä, että itsevalaisevat maalit alkavat loistaa heti, kun ilta hämärtyy. Pieni kyläkin näyttää ihmeelliseltä, saati sitten kokonainen kaupunki.

Pilvi

Tervetuloa pyhälle planeetalle, ystävät. Minä olen Pilvi. Olen Linnun äiti. Oletteko nähneet häntä ?

Alf

Emme ole nähneet, rouva.

Henrik

Emme ole rouva Pilvi, mutta puhetta hänestä on paljonkin ollut. Saakohan ystävämme Arn tässä koskaan mielenrauhaansa takaisin ?

Arn

En tiedä enää. Toivoni olen menettänyt.

Neitsyt astuu lavalle, ja samalla hetkellä sorina yleisössä hiljenee. Yleisön joukossa tuhannet salamavalot välkkyvät. Neitsyt joutuu välähdysten keskelle tervehtien yleisöä tyynesti hymyille. Kaikki paikalliset asukkaat, Pilvi mukaan lukien, kuuntelevat hänen rauhallista puhettaan kuin transsissa silmiään räpyttelemättä. Maapallon asukkaat katsovat rituaalia ihmetellen. He eivät ymmärrä sanaakaan paikallista kieltä, mutta tilanteen arvokkuus tekee heihin vaikutuksen. Neitsyt poistuu hetken kuluttua, ja pian Leinikki saapuu lavalle tehden lennosta jäätelöihmeen kesken kävelyn saaden yllättyneet aplodit ja salamavalojen välähdysryöpyn kiitokseksi. Jäätelöt ilmestyivät kuin tyhjästä. Jäätelönhimoinen Jalmarikin kömpii lavalle. Leinikki tekee nopeasti uusia ihmeitä.

Alf

Hieno jäätelöihme ! En vaan ymmärrä, että miten kummassa hän teki sen ? Se näyttää tavalliselta taikatempulta, mutta kuitenkin jotenkin mahdottomalta.

Henrik

Etkö tiedä ? Ihmiset sanovat, että ulkopuolisten miekankantaja opetti ihmeiden teon Leinikille, kun hän oli vasta yksitoistavuotias pikkutyttö. Eivät ne ole taikatemppuja.

Alf

Ulkopuolinen ? Minkä ulkopuolinen ?

Henrik

En minä oikein tiedä. Leinikin ihmeet eivät kuitenkaan ole taikatemppuja, vaan oikeita ihmeitä, eikä kukaan taikatemppujen tekijäkään väitä muuta. Tytön ihmeet on testattu moneen kertaan taikureitten, skeptikkojen ja tiedemiesten toimesta.

Alf

Aijaa ? Niin arvelinkin. Ihmeitä ovat !

Kova räjähdys kuuluu keskusaukion reunan ulkopuolelta, alueelta, jossa ei ole ketään. Taivaalle lentää kauniita valokaaria, jotka räjähtelevät satunnaisesti. Kaikki säikähtävät aluksi ja katsovat räjähtelyä. Pian yleisö luulee, että kyseessä on ilotulitus. Leinikki keskeyttää esityksensä, koska kukaan ei enää katso häntä. Hän tuntee olonsa turvattomaksi, ja hätkähtää aina kuullessaan pamauksen.

Leinikki

(arasti) Missä räjähti ? Will missä olet … ?

Garfer seisoo lavan takana hiukan hengästyneenä mutta hymyillen.

Garfer

Hei Leinikki. Löysin sen kolmannen kommandon, jolla oli ne räjähteet. Niistä tulikin hyvä ilotulitus. Tavara olisi kyllä riittänyt koko aukion räjäyttämiseen. Anteeksi, että sotkin esityksesi hetkeksi. Voit varmaan jatkaa kohta.
Leinikki … rauhoitupas nyt, olet ihan turvassa. Will, se hassu poika on myös ihan kunnossa. Miksi häntä kyselet ?

Leinikki

(hymyilee helpottuneena) Voi sinua Garfer. Arvasin, että sinä se taas olit, enkä pelkää enää yhtään. Sitä paitsi olet ihan väärässä. Eihän Will ole yhtään hassu, ... vaan rakastunut.

Garfer

Huomasin kyllä, pikkuinen. Oletkohan itsekin ?

Leinikki hymyilee ujona eikä vastaa. Will ryntää myös lavan taakse ja katsoo Garferia ihmetellen.

Will

(virallisella äänellä) Onko kaikki hyvin, neiti Leinikki ? Tutkimme toki räjähdystä koko ryhmämme voimin, mutta ajattelin vaan tarkistaa.

Leinikki

Voi Will. Ihanaa, että turvaat meitä ! *(esittelee)* Tämä tässä on Garfer. Ulkopuolinen, joka opetti minulle ihmeet, ja sen, kuinka niitä tehdään.

Will

(kohteliaasti nyökäten) Hyvää iltaa, herra Garfer.

Garfer

Iltaa vartija Will. Jos pidät hyvää huolta tästä Leinikistä, niin ehkä opetan ihmeitä sinullekin. Hyvää illanjatkoa teille !

Garfer kääriytyy mustaan viittaansa ja katoaa mustaan pimeyteen. Will jää tuijottamaan hiukan hämillään ja nousee pari askelmaa lavalle vievillä por-

tailla nähdäkseen minne Garfer katosi. Will siirtyy huomaamattaan yleisön näkyviin. Räjähdyksen loppuvat ja lavan etupuolella huomio kääntyy taas esitykseen.

Leinikki

Will, ... huhuu .... jatkan nyt esitystäni. Puhutaan myöhemmin, jooko ?

Will

Joo. Oho. *(katsoo yleisöä, nolostuu ja juoksee pois)*

Leinikki

Hyvä yleisö ! *(naureskelee)* Siinä meni eräs turvamiehistämme, hänelle pienet aplodit, ... kiitos, ja sitten ilotulituksen jälkeen taas jäätelöihmeitä !

Alf

Hieno ilotulitus, totta tosiaan, vaikkakin aika äänekäs.

Henrik

Todella hieno, mutta kova pauke oli. Säikähdin niin, että, ... en ehtinyt kuvata mitään kotona näytettäväksi.

Alf

Älä välitä. Meillähän on kuvia jo vaikka millä mitalla. Kuvaa Leinikkiä ja jäätelöihmeitä !

Henrik

Joo ! Olen nähnyt ihme-esityksen jo vaikka kuinka monta kertaa, mutta aina se on erilainen ja ihmeellinen.

Pilvi ja Arn katselevat ympärilleen, mutta Lintua ei näy missään.

Pilvi

Arn, etsin Linnun. Älä mene pois. Tunnistan kyllä hänet vaikka missä ja koska hyvänsä.

Arn

Hän ei ehkä halua nähdä minua, mutta odottelen tässä.

Lintu lymyilee tovin muun yleisön joukossa, mutta tekee sitten päätöksen. Hän astuu näkyviin.

Lintu

Tässä olen ! Ei tarvitse etsiä. Olin tässä koko ajan. Äiti, olen pahoillani. Menin liian pitkälle. Unohdin neuvot, ja aloin leikkiä liikaa. Anna anteeksi !

Arn

Lintu, mitä tarkoitat ? Etsin sinua kauan ja nyt löysin sinut ! Voi Lintu, on niin paljon asioita, joita haluaisin sanoa sinulle !

Arn syleilee Lintua. He suutelevat pitkään.

Lintu

Arn. Olen pettänyt sinut pahemmin kuin sinä ikinä minua. Olet ollut uskollinen minulle kaikista viettelyksistä huolimatta, kun minä taas olen valehdellut ja kiusannut sinua.

Pilvi

Lintu on aivan oikeassa. Hän on käyttäytynyt todella huonosti. Olisi aivan oikein, jos ottaisitkin Voletten puolisoksesi.

Arn

Mitä oikein puhut ? En ikinä voisi luopua Linnusta, joka pelasti minut. Eikö todellinen ystävyys ja lojaalisuus juuri mitatakin siten ? Oikeat ystävät ovat ystäviä silloinkin, kun asiat ovat huonosti. Lintu on ihana. Hän on kaunis, rohkea, myötätuntoinen, suopea, uskollinen ... ja vaikka mitä !

Lintu

(vilkuilee äitiään) Arn rakkaani. Ethän enää koskaan hylkää minua ? *(syleilee Arnia)*

Arn

En hylkää !

Pilvi

Lintu ! Luuletko pääseväsi tästä näin vähällä !

Arn

Mitä nyt ? Äitisi on vihainen ? Täti Pilvi, nythän kaikki on taas hyvin ?

Leinikki lopettaa ihmeitten tekemisen ja jättää hurmioituneen yleisönsä aplodien saattelemana. Vesinokkaeläin ahmii loput jäätelöt. Grank musiikin legendat saapuvat lavalle ja aloittavat laitteiden virittelyn, joka sekin saa tantereen tärisemään ja jotkut ihmiset tanssimaan. Jalmari pakenee kovia ääniä pois lavalta.

Neitsyt saapuu yleisön joukkoon vieraita tervehtimään. Hän huomaa heti Arnin ja kättelee häntä molemmin käsin.

Neitsyt

Hei Arn ! Muistatko kun saavuit luoksemme Linnun kanssa kauan sitten ?

Arn

Kyllä toki, täti Neitsyt. Se oli kaikkein parasta, mitä minulle on koskaan tapahtunut. Kauhea maailma muuttui hetkessä hyväksi.

Neitsyt

Olit huonokuntoinen ressukka, mutta me kaikki rakastuimme sinuun.

Pilvi

Niin rakastuimme.

Neitsyt

Kuulin, että olet sittemmin vaihtanut tyttöystävää, ja oletkin jonkun Voletten kanssa suhteessa ?

Lintu

Hys hys sentään, täti Neitsyt ! Volettehan on ainoastaan Arnin työkaveri !

Arn

En toki hylkää Lintua. Volette on vain hyvä ystävä.

Neitsyt

Voi sitä Volettea .... Arn. Huomasit kai, että Volette rakastaa sinua suuresti ja tosissaan, kun tämä Lintu tässä sen sijaan leikkii tunteillasi ja kevytmielisesti kiusaa sinua. Volette ansaitsee rakkautesi paljon häntä paremmin, eikö niin ?

Lintu katselee epätoivoisena Neitsyttä, äitiään ja Arnia. Hän kiertelee hetken pää painuksissa kaikkia vuoroin katsoen. Lopulta hän pysähtyy Arnin eteen.

Lintu

Arn. Minä olen Volette ! Minä rakastan sinua tosissani, ja pyydän anteeksi, että kiusasin sinua !

Arn

Sinäkö olet Volette ?

Lintu

Minä juuri. Halusin tietää, onko sinulla joku tuttu tyttö töissä.

Arn

Halusin minäkin alun perin tietää, kun sen viestin kirjoitin, että vieläkö rakastat minua. Olen pahoillani. Valehtelin sinulle minäkin, enkä heti korjannut virhettäni, vaikka olisin voinut. Ei sinulla ole mitään anteeksi pyydettävää. Valehtelimme molemmat, mutta lopuksi minä voitin, enkö voittanutkin ?

Lintu

Miten niin ?

Arn

Sinä voitit minut, Arnin, joka rakastan sinua ! Minä voitin teidät molemmat, Linnun ja Voletten, jotka molemmat rakastavat minua ! Minua on vain yksi, mutta teitä on kaksi !

Neitsyt

Aivan niin ! Toden totta ! Laitetaanko sen nimeksi Volette ? Mitä luulet, Pilvi ?

Arn

Kenen ?

Pilvi

Todellakin ! Ihan niin ! Se olisikin hyvä nimi !

Arn

Kenelle ? Mistä on kysymys ?

Lintu

Tunnustan Arn, minut voitit
kuinka minä olisinkaan voinut
kun minut salaa viettelit, vaikka olit muka jo poistunut.
Meidät molemmat saat, kun Volette on syntynyt.
Lintu luoksesi pyrähtää
ja mukaansa nöyrästi pyytää, jospa sitä arvostaisit nyt ?

Musiikki alkaa keskinopealla tempolla ja ihmiset alkavat yksi toisensa jälkeen tanssia rytmikkäästi eri tyyleillä.

Kertoja1

Ja niin tarina loppuu onnellisesti tanssin tiimellykseen.

Kertoja2

Rakkaus on voittanut kaikki esteet. Arn ja Lintu ja Volette syleilevät toisiaan.

Kertoja1

Onkohan se ihan niin ?

Kertoja2

Ehkäpä onkin ?

Kertoja1

No, joka tapauksessa Leinikki naureskelee, ja muutkin hymyilevät heitä katsellessaan.

Kertoja2

Jalmarikin on tyytyväinen, ja katso ! Tuossahan tanssii se kuuluisa kuusivarpainen nelikätinen kärsäolento !

Kertoja1

Näköjään. Kaikki tanssivat grank musiikin soidessa pyhän planeetan lempeässä ja kauniissa yössä.

Kertoja2

Juhlat jatkuvat aamuun saakka.

Esirippu sulkeutuu hitaasti.

Kertoja1

Lopuksi auringotkin hiljalleen alkavat nousta. Auringot muuttavat punaisen, oranssin ja kellertävän maailman taas siniseksi, ja ihmiset menevät lepäämään voipuneina kaikesta hauskanpidosta, onnesta … ja elämästä, … ja ...

Kertoja2

… aika-avaruusrakkaudesta.